I0662570

Bagriy & Co.

ЕЛЕНА ЛИТИНСКАЯ

Женщина в свободном пространстве

Роман

Bagriy & Company
Чикаго
2016

WOMAN IN A FREE SPACE
Authored by Yelena Litinskaya

Edited by Olga Novikova
Book design by Mykhail Kondratenko
Cover illustration based on *Blue Silence* by Lana Rayberg

ISBN: 978-0692637982

Bagriy & Company, Inc.
Chicago, Illinois, USA

Manufactured in the United States of America

Елена Литинская
ЖЕНЩИНА В СВОБОДНОМ ПРОСТРАНСТВЕ

Новый роман Елены Литинской «Женщина в свободном пространстве» охватывает восемь лет из жизни молодой женщины, которой пришлось пройти через все круги ада: столкновения с антисемитизмом в брежневской России, разрыв с любимым, неудачное замужество, разлуку с родителями, тяготы эмиграции, радости и горести матери-одиночки, упорные поиски личного счастья и профессионального самоутверждения, прежде чем она наконец обрела долгожданную свободу частного пространства в Америке.

СОДЕРЖАНИЕ

Автор сердечно благодарит
Семёна Каминского, Ольгу Новикову, Лану Райберг,
Татьяну Щёголеву и Татьяну Янковскую
за помощь в создании этой книги.

Глава 1

Ноябрь 1982 года

— Люся, ты разрушила нашу семью! Молчи! Не говори ничего! – с пафосом произнёс Андрей, как провинциальный актёр в финальной ремарке, и посмотрел на бывшую жену сквозь очки в когда-то модной дорогой оправе, купленной три года назад в Москве. Тогда, в те не столь давние, в общемто, времена, которые теперь казались отдалёнными пропастью лет, в кармане Андрея водились деньги (из маминой тумбочки), а в голове громоздились безумные мечты, которые можно было на эти деньги осуществить. Андрей всё ещё помнил неотразимость пристального взгляда своих зелёных с поволокой глаз и питал иллюзии беспроигрышно искромётного влияния их на женщин. Он ждал, надеялся, что Люся прервёт его и скажет: «Не уходи! Я простила тебя. Давай начнём всё сначала. Ты нужен нам с Сашкой. Я без тебя не справлюсь, пропаду». Но она отвернулась и не произнесла ни слова. Думала:

Как он постарел, слинял с лица! Жизнь вывернула его наизнанку. Где тот самоуверенный красавчик, который приехал покорять Америку? И эти носогубные складки. Такие глубокие, словно у перестаравшегося гримасничать паяца. Седые виски, переходящие в старомодные, нелепые бакенбарды а-ля Элвис Пресли. Затравленный взгляд поблёкших глаз цвета выжженной солнцем травы из-под неизменных очков. Он щурится: наверное, плохо видит в этих очках. Пора менять линзы, а заодно и оправу. Приличная оправа и сложные стёкла – всё это здесь стоит безумных денег. Медицинской страховки у него нет. Как же Андрей жалок! У него теперь вообще ничего нет: ни денег, ни семьи, ни дома. Разве что этот старый драндулет «Плимут». Где моя ненависть? Скорей бы уже он уходил. А то, чего доброго, рассироплюсь… и все мои завоевания к чёрту.

Так они стояли, друг против друга, застыв в молчании в течение затянувшихся секунд. Андрей понял, что битву за семью проиграл. В бешенстве от своей беспомощности он швырнул на пол ключи от квартиры, резко схватил чемодан с вещами в одну руку, портфель с документами – в другую и ушёл, многозначительно хлопнув дверью. Грохот железной двери был оглушительно символичным. Ключи печально звякнули. Блямс!

Всё! Драма окончена, благополучно не успев перетечь в трагедию. Занавес! Зрители, не забудьте похлопать актёрам. Сегодня была генеральная репетиция, она же премьера. Повторных спектаклей не будет.

Люся была главным действующим лицом этого грустного спектакля и теперь стала единственным ретроспективным зрителем. Она победила, но хлопать не хотелось. Пора было покинуть зал.

Внизу, на паркинге, среди подобных экспонатов производства конца шестидесятых, стояла их машина, старенький, не раз битый «Плимут-Фолиант», который Андрей после первых получек купил у дилера в Пенсильвании аж за полторы тысячи долларов и сам пригнал в Нью-Йорк, невообразимо гордый этим перегоном. (Машину он прежде не водил. Первые шофёрские права. Первая поездка по скоростным дорогам. Было страшно, но он сдюжил.)

По суду они поделили имущество так: государственная квартира с мебелью – Люсе, автомобиль – Андрею. Ребёнок, естественно, оставался с Люсей. Денег в банке было совсем негусто – долларов семьсот. К тому же те крохи, что лежали на счету, заработала Люся. Андрей уже год как ничего не делал: не работал, не подрабатывал, не учился, не получал никаких пособий и даже нигде не числился. Высокий, плотный в реале, он оказался бумажным фантомом, разве что с номером social security и грин-картой.

Андрей больше не стремился заработать, целыми днями лежал на диване, смотрел телевизор, со злостью крутил ручку, переключая каналы («Всюду одна муть и брехня!»), почитывал местные русские газетки, курил одну сигарету за другой, пил пиво, ругал Советский Союз, Америку и заодно Израиль, хотя на Земле Обетованной побывать не успел. Иногда он лениво поднимал с дивана своё грузное тело, облачался в мятые джинсы и застиранную футболку и спускался на второй этаж к соседу Лёве. И там тоже, долго солируя, разглагольствовал, поучал: то скулил, то всех и вся поносил. Какое-то время Лёва с женой, жалеючи неустроенного бедолагу, терпеливо выслушивали Андрея и даже милостиво поили чаем с печеньем. Случалось, что и обедом угощали. Впоследствии Андрей им изрядно надоел. Всё же надо и честь знать. И они под разными предлогами перестали его принимать. В Андрее и прежде разрушительная, негативная энергия преобладала над созидательной. А теперь хрупкий костыль созидания, на который Андрей опирался, шагая по дорогам эмиграции, и вовсе сломался. Андрей хромал, как раненое животное, медленно пробираясь в никуда.

Люся продолжала Андрея кормить (*Не оставлять же мужика голодным – совсем озвереет!*) и оплачивала газолин, если муж её куда-то вёз, но денег на жизнь давать не желала. Перебьётся! Он брал в безвозвратный долг у матери (которая жила в Фар-Рокавее) или у сердобольных соседей – пять-десять долларов на сигареты, пиво и другие мелкие расходы. Благо в те годы все эти рутинные атрибуты мужской жизни стоили недорого. Квартиру и ребёнка Андрей, как ни крутись, содержать бы всё равно не смог. Их иммигрантская мебелишка, дешёвая и частично найденная на улице у помойки, когда-то, при других владельцах, видела лучшие времена. Так что делить было особо нечего.

Хорошо, что у Андрея была мать. Матери почти всегда принимают своих блудных, больных или просто обиженных судьбой детей – любого возраста, в любой кондиции. Андрей отправился прямиком к матери. Люся в ужасе спрашивала себя, что было бы, если бы Инна Абрамовна отказалась принять сына. Наверное, пришлось бы им с Андреем продолжать жить под одной крышей. Это могло бы привести к непредсказуемым последствиям. Возможно, тогда драма обернулась бы трагедией.

Но ведь этого не случилось, не случилось. Значит, она всё правильно сделала, и Всевышний на её стороне.

Люся нервничала. Она почувствовала слабость в ногах и прислонилась спиной к входной двери, чтобы не упасть и подсознательно создать дополнительную преграду между собой и Андреем.

На всякий случай. Если он вдруг забыл что-то из вещей и, не дай бог, вернётся. Или просто вообще передумает съезжать с квартиры. С него станется. Неужели она всё ещё боится его, прибитого разводом и обстоятельствами, раздавленного и расплющенного на дороге, словно заяц, который зачем-то выскочил из леса и, не успев перебежать шоссе, попал под колёса скоростного автомобиля?

Люся постояла так несколько минут, потом, когда опасность возвращения мужа вроде миновала, подошла к окну.

Там, за стеклом, картинно, вольготно раскинулся октябрь: тёплый, мягкий, багряно-золотой. Открывался манящий вид на парк и залив. В суете работы, учёбы, домашних дел и постоянных скандалов с мужем Люся прежде не замечала, как прекрасна осень в Нью-Йорке, в районе залива Джамейка-Бей и прибрежной лесопарковой зоны, где они жили. Женщина покорно, привычно тащилась по унылой дороге жизни, словно тягловая лошадь в упряжке с шорами на глазах, волокла за собой телегу забот и ничего, кроме ухабов, выбоин и частых ударов хлыста хозяина, не ощущала. Думала только об одном: надо каким-то образом, всеми правдами и неправдами выжить, выстоять, не упасть, не сломаться. Если упадёшь – никто не поднимет. Сдохнешь. Похоронят по самому дешёвому разряду и поставят грубо отшлифованный надгробный камень.

И вот эта долгая ухабистая дорога наконец-то кончилась. Впереди лежали просторы выбора. Люсе повезло. Она выжила и пока не сломалась.

Теперь всё должно быть по-другому, а иначе зачем жить? Если рассматривать человеческую судьбу как Божий дар на весах справедливости, груз негатива и страданий должен уравновешиваться грузом радостей и счастья, – мечтала Люся и сама же с собой спорила: *– Должен? Иллюзорное философское умозаключение, не подтверждённое жизнью. Никто в этом мире никому ничего не должен. А уж тем более Всевышний – роду человеческому. Создал он человека по своему образу и подобию и отпустил. Живите, как можете. Я вам больше не отец, не судья и не направляющий. Не нравлюсь – молитесь иным богам. Всевышний распустил армию ангелов-хранителей и отправился в другую галактику для нового инопланетного эксперимента в надежде создать нечто более совершенное, чем homo sapiense.*

Люся не могла поверить, что Андрей наконец уехал от неё, от них с Сашкой навсегда. Что в этой квартире она больше не услышит его грубый, вечно раздражённый, недовольный всем миром и ставший для неё ненавистным голос. Что ей больше не придётся запираться в спальне на хилый замок, трястись от страха перед мужниными угрозами и кулаками и затыкать уши. Что этот кошмарный сон под названием неудачный брак, длившийся пять лет, наконец прервался и она пробудилась.

Свобода опьяняла. Люся, как маленькая девочка, ликовала, праздновала, улыбалась своим мыслям. Ей хотелось петь, танцевать, безумствовать, радостно и громко звонить во все колокола: свободна, свободна! Наступила долгожданная эйфория.

Она включила магнитофон, поставила свою любимую кассету с записями Адриано Челентано, взяла в руки ведро и швабру и принялась мыть пол, пританцовывая. От усердия Люся раскраснелась. Стало душно, и она открыла окно в парк, подставила лицо осенней прохладе.

Всё вымыть, вычистить, выскрести, продезинфицировать, проветрить. Всё, что напоминало об Андрее, выбросить, чтобы и духа его здесь не было. Не забыть непременно выкинуть диван, на котором Андрей сутками валялся последние месяцы. Завтра же она попросит соседа Лёву помочь ей избавиться от этого отвратительного хлама. Чтобы ничто, ничто не навевало ей мрачных мыслей о прошлом. Начать жизнь с чистого, белоснежного листа, не запятнанного прикосновением

пальцев Андрея, не замутнённого его тяжёлым дыхани-
ем курильщика.

Людмила вошла в раж, оглядела гостиную взглядом голодной хищницы, готовой к прыжку.

*Ага! Вот и бледно-сиреневая пепельница из чешско-
го стекла, привезённая мною из Карловых Вар, подарок
старинного поклонника. Как давно это было... Ещё
в той, советской, жизни. Нет, не место теперь этой
красивой, почти античной стекляшке в моём доме. Он
осквернил её, прикасался к ней, стряхивал в неё пепел
своими прокуренными, жёлтыми пальцами. Лучше бы
он забрал её с собой. Разбить стекляшку и немедленно
– в мусор, в мусор! И никакой жалости! Истребить в
себе это чувство, присущее слабым!*

Люся кипела и бурлила, словно вода в перепол-
ненной кастрюле. Вот-вот выплеснется через край. И
убавить огонь некому.

*Да и зачем убавлять огонь! Гори оно всё прахом,
барахло и связанные с ним воспоминания. Не было этих
шести лет! Не было, и всё! А как же Сашка, продукт
того, о чём я хочу забыть? Он хоть и незапланирован-
но появился на свет, но сразу сделался предметом обо-
жания, единственным и незаменимым в её жизни суще-
ством. Значит, всё это было...*

Люся, возбуждённая и переполненная радостью
в перепутанных пластах сознания прошлого и настоящего, яростно орудовала шваброй. Она уже мало соображала, что творила и что дозволено было делать в
этой долгожданной ситуации безграничной свободы.
Если бы Люся взглянула на себя в зеркало, то уловила

бы некое сходство с булгаковской Маргаритой, когда
та летала ведьмой на метле и с остервенением круши-
ла квартиру критика Латунского. Правда, Маргарита
была невесома, нага и прекрасна, а Людмила – бес-
крыла, довольно весома, одета и, скажем так, просто
миловидна. Она отбросила швабру в сторону и по-
лезла в ящик с инструментами за молотком. Поставила пепельницу на пол, примерилась, размахнулась
молотком, чтобы разбить прелестную безделушку, и в
этот момент громко и настойчиво зазвонил телефон.
Неожиданный звонок оказал на воинствующую ама-
зонку магически успокоительное воздействие. Её как
будто кто-то схватил за руку и отвёл в сторону кспье.

*Господи! Что я делаю? Я совсем рехнулась. При чём
тут пепельница? Это же моя любимая вещица, такая
нежная и хрупкая. Пусть себе стоит. Не так уж много у меня красивых памятных вещей в доме. (Впрочем,
моя квартира пуста, как и должно иммигрантке.) От-
мою пепельницу от Андреевых прикосновений, ототру,
и бледно-сиреневые грани снова засверкают на свету.*

Люся сделала глубокий вдох и уже спокойно сняла телефонную трубку.

– Здравствуйте! Это миссис Теплицки? – спросил по-английски незнакомый женский голос.

– Да! Она самая. А кто это?

– Миссис Теплицки, вам звонят из начальной
школы № X. Только не волнуйтесь! Ничего страшного. Ваш сын заболел. У него повышенная температура и болит горло. Пожалуйста, приезжайте и заберите
ребёнка домой как можно скорее.

– Легко сказать: не волнуйтесь. Конечно, я волнуюсь. Спасибо, что позвонили. Я мигом, сейчас, – пробормотала Люся и, оставив на полу сюрреалистический натюрморт из швабры, ведра, пылесоса, пепельницы и молотка, наскоро оделась и побежала в школу.

Как быстротечны оказались минуты абсолютного, безоблачно блаженного счастья без Андрея. Как будто вездесущие злые старухи мойры подсматривали за ней в замочную скважину своими отнюдь не подслеповатыми глазами, коварно усмехнулись, потёрли ладони с искривлёнными артритными пальцами и длинными загнутыми ногтями и решили не дать ей возможности расслабиться, чтобы жизнь не казалась мёдом.

Сашка весь горел, жаловался на сильную боль в горле. Похоже было на ангину. Люся тут же вызвала car service (такси), и они поехали к семейному доктору Н. Доктор принял Сашку без очереди, осмотрел его грудь, прослушал лёгкие, заглянул ребёнку в горло, взял мазок и с ходу поставил диагноз:

– Всё и так ясно, даже без результатов анализа, но мы, конечно, пошлём мазок в лабораторию. Скарлатина. Абсолютно классический случай. Лицо чистое, сыпь только на груди, «клубничный» язык и воспалённое горло.

– Боже мой! Какой кошмар! Что же теперь будет с ребёнком? – запаниковала Люся. Для неё слово «скарлатина» означало нечто ужасное, гибельное. Сразу вспомнилась из советских школьных времён классическая поэма Эдуарда Багрицкого «Смерть пионерки»: «Валя, Валентина, что с тобой теперь? Белая палата, крашеная дверь». Сама Люся скарлатиной в детстве не болела.

– Ничего страшного. Выпишем ампициллин. Ваш сын попринимает лекарство семь дней, и всё пройдёт. Давайте ему обильное питьё. Если будет больно глотать – из трубочки. Он крепкий мальчик, через неделю станет как новенький. Не те нынче времена, чтобы пугаться скарлатины. Смотрите, сами не заразитесь. Наденьте на лицо марлевую повязку, чаще мойте руки. Скарлатина во взрослом возрасте гораздо опаснее. Берегите себя, Люси.

– Спасибо, доктор!

Люся снова заказала машину, и они поехали сначала в аптеку, потом домой лечить скарлатину. Так, совсем непразднично, на тревожно-минорной ноте закончился Люсин первый день долгожданной женской свободы. Она осознала, что, если хочет сохранить эту свою с таким трудом обретённую свободу, не имеет права расслабляться и должна быть постоянно начеку.

Глава 2

Ноябрь 1976 года

Они сидели в кафе на улице Горького. Стоял ноябрь, Люсин самый нелюбимый месяц в году, «гноябрь», как его называют москвичи: за гнилую ненастную погоду, за короткий, серый, часто дождливый день и долгую ночь. Листва уже облетела, и деревья, ещё не покрытые снегом, беззащитно нагие, жалкие, вызывали чувство печали и безысходности. Ветер буянил, набирал силу и раскачивал полуживые ветви, которые послушно прогибались, готовые вот-вот сломаться. Накрапывал дождь, обещавший по прогнозу погоды перейти в мокрый снег. Слякоть, мрак, минор. Поздняя осень.

В полупустом кафе было тепло и уютно. Люся и Игорь заняли столик на двоих у окна. Напротив сидели трое мужчин, похоже командированные. Перед приезжими стоял традиционный графин с водкой, салат оливье, сырокопчёная колбаса и селёдка с луком в подсолнечном масле. Командированные, уже изрядно выпив, развеселились, раскраснелись и громко травили похабные анекдоты. Один из мужчин оценивающе посмотрел на Люсю и подмигнул ей. Игорь это заметил и бросил на пьяненького красно-рожего провинциала такой угрожающий взгляд, что тот аж поперхнулся селёдкой. Начало было «много-обещающим».

Игорь заказал цыплёнка табака, Люся – котле-ту по-киевски. Цыплёнок табака, скорее всего, перед смертью уже достиг зрелого возраста и был жестко-ват и жилист, к тому же изрядно пережарен, переда́в-лен прессом и успел задубеть. Игорь отчаянно в него вгрызался, чертыхаясь, потягивал вино, молча курил и снова прикладывался к вину.

– Да, не научились ещё у нас готовить в рестора-нах! Этим цыплёнком можно не только сломать до-рогие коронки и мосты, но даже использовать его в роли холодного оружия, например кастета, – усмех-нулся Игорь.

– Да, этот цыплёнок тебе явно не по зубам! Но что делать! Приехал на любимую родину – терпи, – улыбнулась Люся.

Слава богу, чувство юмора он не потерял, мой лю-бимый. Неужели сегодня я вижу его в последний раз? Хоть наглядеться на него украдкой, пока он сражает-ся с задубевшим цыплёнком. Господи, у меня дома даже нет ни одной его фотографии, кроме школьной.

Люся распотрошила котлету по-киевски, и го-рячий жир, которым повар щедро начинил эти мяс-ные лодочки, или остроносые туфельки, растёкся по тарелке, залив картофельное пюре и капусту прован-саль. Ужин плавал в жиру.

Ну вот, теперь и не поешь в своё удовольствие. Зачем я всё это распотрошила? Можно же было отрезать по небольшому кусочку, так нет же, мне понадобилось препарировать котлету… и отношения. Но любовь не котлета. Она, скорее, похожа на полусырой стейк. Разрежешь – увидишь мясо с кровью.

Настроение и без того не было праздничным, и аппетит почти пропал. Люся задумчиво возила вилкой по тарелке, выбирая наиболее сухой кусок котлеты, но и тот не лез в горло.

Надо было как-то начать разговор, к которому она долго готовилась, репетировала свои многозначительные монологи и сама отвечала на предполагаемые ремарки Игоря. Собственно, для этого решительного разговора она и позвала его в кафе. Вообще-то, Люся старалась не пить, так как её организм плохо реагировал на алкоголь. Кайфа не получалось, одна головная боль, а если чуть перебрать, дело доходило до рвоты. Но этот вечер был особенным, и она для храбрости всё же выпила немного вина и закусила кусочком котлеты с чёрным хлебом.

– Ты хорошо выглядишь, Игорь. Весь такой заграничный, невозмутимый, вальяжный и модный. Шейный платок вместо галстука тебе к лицу. Парижские веяния? Изображаешь свободного художника или просто надоела внешторговская униформа?

– Свободный художник – не мой имидж. Ты же знаешь. Я – не художник и отнюдь не свободен. Просто на работе эти вечные галстуки-удавки.

Отдохнуть хочется, расслабиться. В одежде и вообще… С тобой. Я так соскучился! А ты?

– Зачем спрашиваешь? Я еле дотянула до сегодняшнего вечера.

– Так чего мы тут сидим – время теряем?

– Надо поговорить.

– Поехали в пансионат. Там и поговорим. Как всегда. Уверен, что в такую гнусную погоду туда, кроме нас, ни один псих не приедет. Никто нам не помешает.

– Нет! В пансионате нам будет не до серьёзного разговора.

– Расслабься, Люсенька! Не будь такой серьёзной. Перестань хмуриться. Вот уже и складка между бровей появилась. Так и состариться можно к тридцати годам.

– Хорошо. Постараюсь расслабиться. Я же никогда тебя не напрягала. Да… бежевый цвет тебе к лицу, точно твой. Надолго в Москву на этот раз? – Люся пыталась придать своим словам оттенок лёгкой иронии, растягивая исцелованные (за долгие годы) Игорем губы в мягкую улыбку. Но её глаза говорили совсем другое:

Я по-прежнему люблю тебя! Люблю, люблю… Вот такое горькое счастье. А бывает ли счастье сладким? У меня оно вечно с горчинкой.

И она ничего не могла поделать с этим благословенным наказанием.

– Спасибо за комплимент, Люсенька. Я приехал в отпуск на месяц. Правда, время года

отвратительное, совсем не для отпусков. Но что делать! Другого времени мне не дали. Может, мы с женой махнём дней на десять в Гагры. Бархатный сезон
ещё не кончился.

Помолчали. Игорь сделал глубокий вдох, выдо-
хнул и, спохватившись, что его не туда занесло, сме-
нил тему разговора.

– Ты тоже хорошо выглядишь. Новая причёска.
Длинные волосы молодят. Впрочем, что это я? Ты
всегда для меня была девчонкой-восьмиклассницей,
такой и останешься. А… голубая кофточка точно
под цвет твоих глаз. Но ты это, наверное, и сама знаешь. Ну, рассказывай, как живёшь, как родители…
Как… личная жизнь? – спросил Игорь и сам ужас-
нулся бестактности своего вопроса.

*Какой же я идиот! Сказать такое! Сначала на-
помнил о жене, потом спросил про личную жизнь. Сейчас она обидится и будет права. О Господи! Сегодня
определённо не мой день. Неудивительно – в такую
мерзкую погоду! Зачем я только согласился поехать в
это кафе? Не терпелось увидеть Люсю – мог бы и до
завтра подождать. Почему так случается, что такие внешние факторы, как погода, в большой степени
определяют наши мысли и поступки?*

– Да и рассказывать особенно нечего. Всё то
же. Тебя интересует моя личная жизнь? Ты действительно искренне считаешь, что у меня может быть
личная жизнь? Давай об этом потом. Ладно?

– Прости! Сам не знаю, что говорю. Это отврати-
тельная ноябрьская погода на меня так действует.

— Ты знаешь. Ты прекрасно знаешь, что говорить и кому. И погода тут ни при чём. Мне ведь всё можно сказать. Я верная до гроба любовница…

— Перестань! Ну, какая ты любовница? Ты моя любимая! — быстро парировал Игорь. Насторожился. Попытался улыбнуться, но улыбка получилась какая-то жалкая. Он чувствовал, что Люся неспроста позвала его в кафе в такой мрачный, дождливый день.

Она, всегда такая ровная в их отношениях, нежная, ласковая и даже покорная, на сей раз что-то задумала. И что это за серьёзный разговор, из-за которого мы здесь торчим? Зачем мы пошли в это дурацкое кафе? Надо было сразу поехать за город в наш пансионат. Природа, воздух, уютный номер… И всё бы было как всегда. Эх! Выслушай женщину и сделай всё наоборот.

— Уже перестала. У меня всё без изменений. Я по-прежнему преподаю английский как почасовик за рубль в час. Ставка мне по пятому пункту не положена. Кадровик говорит: «Ну, возьму я тебя в штат, а ты вдруг соберёшься на историческую родину — в Израиль. Мне начальство за это голову оторвёт». Ну, что ещё… Мама на пенсии по инвалидности. Папа пока работает. А как ты? В каких странах побывал, что повидал? Как твоя личная жизнь? Она ведь у тебя законная, официальная, по статусу положенная, не то что у меня… Как жена, как дети?

Да, она точно что-то задумала… Сколько горечи! Лучше не реагировать.

Игорь сделал вид, что не заметил Люсиной иронии, и продолжал разговор в спокойном тоне.

– О городах и странах долго рассказывать. Всего не перечислишь. Вот уже полгода сижу в Египте. Пирамиды повидал, Сфинкса тоже. На верблюде по пустыне ездил. По Нилу плавал. Жара сумасшедшая. В мутной зелёной реке – отвратительные зелёные крокодилы. В Красном море – акулы. Всюду грязь. Воду пьём только из бутылочек. И всё равно не уберёгся: в прошлом месяце подхватил какую-то чудовищную желудочную инфекцию. Представляешь, попал в больницу. Еле выкарабкался. Восток – дело не только тонкое, но и опасное. Но я привыкаю, много работаю, скучать некогда. Тебя интересуют моя жена и дети?

– Меня о тебе интересует всё. Разумеется, в зависимости от той упаковки, в которой ты это преподнесёшь.

– ОК! Упаковка самая простая, незамысловатая. Жена со мной. Дети здесь с бабушкой и дедушкой. От родителей они совсем отвыкли. Мы с женой…

– Достаточно! Я понятливая. Закроем семейную тему!

– Ты же сказала, что тебя интересует всё. Вот и я…

– Ты, ты, ты… Ты бы хоть иногда весточку о себе с кем-нибудь передавал или писал письма на главпочтамт до востребования. А то уезжаешь на год – и с концами. А что мне делать весь этот год без тебя? Ты обо мне там, на своём Ближнем Востоке, среди пирамид, верблюдов, акул и крокодилов, иногда вспоминаешь? Только честно, вспоминаешь или нет? – как-то само собой вырвалось. Не хотела она бить на жалость.

– Господи, да, конечно, вспоминаю, только какими-то… приступами нежности. Нет, не то слово. Наплывами нежности. Прошлое вдруг накатывает, далёкое и трогательное. Вижу тебя во сне, какой ты была лет десять назад, и испытываю такие юношеские чувства, которые уже давно в жизни не испытывал. Я же тогда чуть ли не молился на тебя.

– Знаю. А теперь? Каким богиням ты молишься?

– Молиться я, Люсенька, давно разучился. Атеист я. Ты же знаешь, я теперь стал деловым человеком, далёким от романтики. А тут вдруг один и тот же символический сон повторяется: как будто мы с тобой стоим на разных берегах широкой реки. Не переплыть нам её, да и лодки рядом нет. Хотим соединиться и не можем. Потом я просыпаюсь.

Тёмные, бархатные глаза Игоря затуманились то ли от выпитого вина, то ли от воспоминаний.

Люся любила его глаза и руки. Крупные ладони с длинными пальцами и ухоженными ногтями.

«Быть можно дельным человеком и думать о красе ногтей». Господи, вот уже и классика в голову лезет. Это всё от неуверенности в себе и нехватки стервозности. Мужчины пасуют перед стервами. А я – типичная мягкотелая влюблённая баба! Нельзя расслабляться. Я обязательно его спрошу… Соберусь с духом и… Но чёртова интуиция мне подсказывает: помалкивай, дура! Никаких решительных шагов! Но поступать по

наитию – это дар, которого я сегодня начисто лиши-
лась. Отсюда все печали.

– Странное совпадение! К чему бы это? Мне
тоже снится нечто подобное. Хотим соединиться и не
можем… Похоже, наши сны – в руку. В общем, Игорёк, устала я от одиночества. Когда работаю – ещё
ничего. А в субботу и воскресенье сидеть дома одной
особенно тяжело. И на праздники одна, и на Новый
год… Даже когда в компании друзей – тоже одна.
Подруги сочувствуют, родители переживают. Я так
больше не могу. Вот недавно познакомилась с одним
мужчиной…

– Познакомилась с мужчиной? Это становится
интересно.

Игорь вытер рот салфеткой, отложил вилку и
нож в сторону, приготовился слушать.

– Не перебивай, пожалуйста! – Люся опустила
глаза. Для решительности, чтобы не подчиниться маг-
нетизму его взгляда.

– Я – весь внимание. Итак, ты познакомилась с
мужчиной… Кто он, этот счастливчик? Когда, где…
зачем познакомилась ?

– Не иронизируй! Когда и где, тебе знать необязательно. Да и не имеет это никакого значения. У него
хорошая профессия. Он врач и … довольно привлека-
тельный мужчина. Можно сказать, красивый. Серьёзный, внимательный. И ухаживает за мной тоже красиво, на полную катушку. Цветы, комплименты, походы
в театр, – уверенно привирала Люся. Никто в театр
её не приглашал, разве что в кино, и цветы не дарил.

Да и какие в конце осени цветы! Хризантемы – и те давно увяли. – Завести с ним роман, что ли? Ты же всё равно никогда не разведёшься. Внешторговцы ведь не разводятся, тем более партийные. Вот тебе и ответ на вопрос «зачем?», – осторожно сказала Люся, потом расхрабрилась и посмотрела на Игоря притворно вызывающим взглядом. На самом деле ей было страшно.

Он сейчас отрежет «не разводятся» и наступит конец всему. У неё будет только один выход: попрощаться и не подать виду, что она в отчаянии и плакать хочется. Как же трудно сдаться и уйти с гордо поднятой головой.

– Люся! Ты всегда отличалась иррациональным, образным мышлением. Ты – романтик. Одно из качеств, которое я в тебе любил и люблю. Это я – прагматик, реалист, рационалист. Ты хочешь, чтобы мы поменялись местами? Не получится. Зачем ты задаёшь такой вопрос, словно приставляешь мне пистолет к виску? Чего ты добиваешься? Испортить наш вечер? У нас с тобой и так этих вечеров очень мало. Может, плюнем на этот дурацкий обед, пока я не сломал себе зуб об этого доисторического цыплёнка и пока мы не наговорили друг другу того, о чём будем жалеть? Предлагаю бросить всё и немедленно поехать в наш пансионат. Там и ужин закажем в номер.

– Может, и поедем, только потом… Нет, я не хочу поменяться с тобой местами и тем более не хочу испортить наш вечер. Я эти вечера целый год жду. Но что же мне делать? Понимаешь, устала я, надоело! Бунт на любовном корабле, товарищ капитан.

Я должен подавить этот бунт. Нет, бескровно утихомирить! Люблю её, не хочу терять.

— Понимаю, товарищ юнга! Мой самый дорогой член команды.

Он осторожно взял её за руку.

— Ничего ты не понимаешь! Ты думаешь только о себе, — вздохнула Люся.

— А давай отложим этот разговор. Ну, не хочется портить настроение. Давай просто есть этот дубовый обед, пить вино, слушать музыку и танцевать.

— Ладно, — согласилась Люся. — Потанцуем немного. — Танцевать было куда приятнее и проще, чем говорить.

Как он меня хорошо знает! Изучил за десять лет. Но я всё равно… Я больше так жить не хочу! Сегодня или никогда. Иначе всё будет, как всегда: мы поедем в пансионат, и я раскисну от любви.

Они танцевали, почти не передвигая ног. Стояли, обнявшись под музыку, слегка покачиваясь. Игорь был высоким — Люся едва доставала ему до подбородка. Кончился один танец, начался другой, а они не заметили этого и всё стояли в обнимку, пока музыканты не ушли на перерыв. Пришлось возвращаться к столику и к трудному разговору.

— Игорь, ты не ответил на мой вопрос, — настаивала Люся.

— Ты хочешь, чтобы я ответил на твой вопрос?

— Да!

— Ты действительно хочешь этого?

— Действительно хочу.

– Понятно. Вот он – обещанный серьёзный разговор. А если я не могу однозначно отвечать на такие вопросы, – пытался ускользнуть от зыбкой и опасной темы Игорь.

– Тебе придётся ответить. Не увиливай!

– Ты так решила…

– Да, я так решила.

– Почему именно сегодня? Что случилось? Я тебе надоел? Разлюбила?

– Перестань, пожалуйста, ёрничать! К сожалению, не разлюбила, но, если хочешь услышать от меня очередное объяснение в любви, сегодня не дождёшься!

– Не дождусь, значит… А я вот тебя по-прежнему люблю. И такую сердитую и упрямую – люблю ещё больше. Но ведь для тебя сейчас не это важно. Главное для тебя – немедленно поставить точку над i. Ведь так?

– Да! Именно так. Буква i не может существовать без точки, она теряет своё значение. Превращается просто в палочку.

– Любая палочка что-нибудь да значит. Ноль без палочки – всего лишь ноль, а с палочкой – целых десять.

– Игорь, хватит дурацкой математики! Отвечай на мой вопрос, пожалуйста!

– Ладно. Отвечу на твой вопрос. Но учти, ты сама напросилась…

Тяжело обрубить канат навсегда! Все эти годы я так плотно стоял на якоре… ухитрялся закрепляться

на двух якорях в разных портах. И ведь знал, что ког-
да-нибудь придётся покинуть один порт.

– Знаю. Ну, я жду. Хватит увиливать.

– Что же, ты всё правильно понимаешь, Люся.
Партийные внешторговцы не разводятся. Я не могу
и не буду разводиться. Как ты себе представляешь:
чтобы я бросил Нину и двоих детей? И вообще, я
люблю свою жену. По-другому, не так, как тебя, но
всё же люблю. Можно любить двух женщин одновременно, и в этом ничего необычного нет. Надеюсь, ты
когда-нибудь поймёшь подобную человеческую, часто встречающуюся э-э-э… раздвоенность или слабость. Как тебе угодно назвать это состояние души
и тела…

– Очень удобно любить сразу двух. И трёх, и
более… Живёшь на Востоке. Решил открыть офи-
циальный гарем? Одобряю. А как на это посмотрит
партийная организация? – съехидничала Люся.

– Не передёргивай, пожалуйста! Да, партийная
организация меня за любовный роман по головке не
погладит и за развод тоже. Отрежет все заграничные
поездки. Буду сидеть в Москве, бумажки перебирать.
Но главное не в этом. Я же сказал, что люблю свою
жену и детей и никогда их не брошу. И вообще…
ждать меня бессмысленно. Я тебя понимаю. Тикают
стрелки биологических часов. Все подруги повыходили замуж. Ты одна осталась незамужняя. А может,
они вовсе не любят своих мужей? Может, они этих
мужей терпеть не могут? Может, эти мужья только
для статуса в обществе, ну и чтоб детей родить? Ты

своих замужних подруг спросила? Может, эти мужья им нужны, как манекены для витрины?

— Возможно. Но это к нашему разговору не относится.

— Ещё как относится! Выйти замуж – не напасть… Ну, это я так… Если тебе не терпится приобрести мужа, давай, валяй, бери доктора, который дарит тебе цветы и говорит комплименты. Только смотри, не ошибись. А ты его полюбить сможешь?

Вот и всё. Ясно и просто. Ну и бог с ним! Пусть строит свою карьеру и занимается официально дозволенной любовью в кругу верблюдов, акул и крокодилов. Переживу как-нибудь! Должна пережить…

— О моих биологических часах – очень грубо. На тебя не похоже. А я вот возьму и полюблю этого симпатичного доктора. Он чем-то похож на Чехова Антона Павловича. Постараюсь полюбить. Тебе назло. Ты же сам сказал, что можно любить двоих.

— Люся, как показала практика, двоелюбие больше свойственно мужчинам. Так уж повелось. Не строй иллюзий. Хотя бывают исключения из правил… Но ты в это исключение не вписываешься. Я тебя слишком хорошо знаю.

— Это дискриминация! Я протестую, – Люся выдавила из себя жалкую улыбку.

— Протест не принят. Ты не сможешь любить двоих. Так сразу его не полюбишь. Тебе придётся сначала разлюбить меня. Если и выйдешь замуж за доктора, только себе назло. Не мне!

– Это уже моя забота. Не могу же я всю жизнь любить тень, символ, призрака, зыбкий мираж, да ещё раз в году по обещанью, во время отпуска. Я заслуживаю лучшей участи. Спасибо за разрешение выйти замуж, – Люсин голос зазвенел от подавляемых слёз. Она отвернулась, взяла салфетку и смахнула две слезинки, которые взяли да выкатились. Потом достала зеркальце, вытерла салфеткой потёкшую с ресниц тушь и стала быстро-быстро запудривать лицо. Она запудривала щёки, а слёзы продолжали капать. В конце концов она бросила это бесполезное занятие.

– Что делать, Люси! – он назвал её школьным именем, которое ей так нравилось. – Не плачь! Так сложилась жизнь. Но я всегда буду тебя любить и… буду беречь воспоминания о тебе. Можно мне иногда звонить твоей маме? Она такая чу́дная, просто замечательная – твоя мама.

– Ага! Я злая, мама добрая. Звони. Только я не понимаю, зачем.

– Ну, чтобы узнать, как сложилась твоя жизнь и счастлива ли ты с этим доктором. А по-моему, спать с доктором – никакой романтики, всё равно что с журналом «Здоровье».

– Не остроумно! И… лучше спать с журналом «Здоровье», чем с мужчиной, который признаётся, что любит сразу двух женщин.

– Прости! И всё же… хочу звонить твоей маме, чтобы узнать, как тебе живётся с доктором, ну, и чтобы привет тебе передать.

– Это жестоко.

– А приставлять мне пистолет к виску разве не жестоко?

– Хочешь звонить – звони. Поступай, как знаешь. Мне теперь всё равно.

Как легко он от меня отказался! Словно дерево многолетнее спилил, разрубил на дрова и сжёг в печке. Только не согреться ему от этого огня… Господи, но я же сама его спровоцировала на отказ! Сама напросилась. Чего ждала, зная, что у него на первом месте карьера? Но ведь он не всегда был таким. Я влюбилась в школе в романтичного подростка… Люся, ты забыла, что давно окончила школу, и романтика ваших отношений осталась за партой. Перед тобой сотрудник Министерства внешней торговли и новый член КПСС.

Дальше разговор совсем уже не клеился. Люся молча уставилась в окно. Дождь усиливался. Дождевые капли часто-часто застучали по стеклу, словно напоминали: «Всё! Свидание закончилось. Пора расходиться».

Игорь допил вино и расплатился с официантом.

– Пойдём? – нерешительно спросил он.

– Пошли, – Люся пожала плечами.

Они оставили на тарелках недоеденный ужин и покинули кафе. Люся с упрямством маленькой девочки, которую обидели, сказала, что подвозить её домой не нужно, обойдётся. Прощанье вышло каким-то натянутым. Вроде всё, что можно было сказать, было сказано, всё, что можно было испортить, испорчено. Но она подспудно на что-то ещё надеялась.

Ведь мы не можем просто так разойтись. Взять и одной встречей, одним разговором перечеркнуть десять лет... Я сейчас на него посмотрю, и он опомнится. Он всё переиграет. Ну же... !

Люся посмотрела на Игоря, как будто милостыню просила.

– Не смотри на меня так! – сказал Игорь. – Может, всё-таки поедем в пансионат? Не надо больше мучить ни меня, ни себя!

Упрямая какая! Неужели это конец? Как горько... – подумал Игорь.

– Нет! Не поедем.

– Но ведь ты же хочешь, – Игорь дотронулся до Люсиного плеча.

– Перехотела, – Люся отвела его руку.

– Лукавишь.

– Нет, нет и нет!

– Но ты же любишь меня.

– Люблю. «Возлюби ближнего, как самого себя». Пришло время полюбить себя, наконец, иначе моя любовь к этому самому ближнему будет несовершенной.

– С каких пор ты стала цитировать Евангелие?

– С сегодняшнего дня. Уж лучше цитировать Евангелие, чем жить по законам морального кодекса строителя коммунизма.

– Удар ниже пояса, Людмила! Это нечестно.

– Всё честь по чести, ведь мы с тобой не на ринге.

– А мне кажется, что именно на ринге. Матч окончен. Ничья!

– Какое безликое слово!

– Согласен. Всё! Я устал тебя упрашивать. Чувствую, что сегодня это бесполезно. Как скажешь. Но, если всё же передумаешь и захочешь меня увидеть, позвони моему брату. Вот его телефон. Он в курсе… – Игорь вырвал листок из записной книжки, написал номер телефона брата и протянул Люсе.

– Я не стану звонить твоему брату и не захочу тебя увидеть! За сегодняшний вечер насмотрелась на всю жизнь, – отрезала Люся, но бумажку с номером телефона всё же взяла.

– Умница, что хоть взяла номер телефона. Жизнь непредсказуема, Люси. Сегодня мы не знаем, что случится с нами завтра…

Он хотел её поцеловать. Она упрямо отстранилась, не желая травмировать память «поцелуем из жалости». Игорь всё же прижал её к себе и наспех поцеловал в волосы, лёгким прикосновением губ, как целуют ребёнка.

– Пока, Люси! Думаю, что ещё увидимся.

– А я постараюсь больше не увидеться. Прощай, Игорёк!

Игорь кивнул головой, поймал Люсе такси и ушёл к своей машине. Дождь перешёл в мокрый снег, как бы завершая этот вечер, знаменуя переход осени в зиму.

Игорь освободил Люсю от себя. Он ушёл, не оборачиваясь, а она всё не решалась сесть в такси, стояла, мокрая от слёз и снежинок, и смотрела Игорю вслед.

Она хотела освобождения, только не такого крутого и бессмысленного, в никуда. Она была как рыба, выброшенная из моря на песок, открывала рот, задыхалась и умирала, не умирая. Не знала она, что делать с этой образовавшейся бездной свободного пространства. Обойти – не обойдёшь, обозреть – горизонт упирается в небо, и не видно, что за ним. Обдумать, построить какие-то планы – невозможно: не из чего строить. Андрей – это пока иллюзия. Пустота.

Приехала домой, зарёванная, с опухшим лицом. Мама посмотрела на неё и сказала одно только слово:

– Игорь.

Маме ничего не нужно было объяснять. Люся кивнула головой, пошла к себе в комнату, рухнула на диван и от усталости и невозможности что-либо предпринять просто уснула. Приснился ей южный незнакомый город, с небоскрёбами из стекла, бетона и стали. Небоскрёбы, словно атланты, поддерживали небо. Город – остров. Будто Люся стояла на набережной, смотрела на воду, над которой кружились чайки и громко кричали что-то почему-то по-английски. И одна из них, самая крупная белая птица, пролетела совсем близко от Люси и отчётливо сказала welcome (добро пожаловать).

Утром Люся достала из сумочки клочок бумаги с телефоном брата Игоря, решительно порвала бумажку и выбросила в мусоропровод. Так, чтобы не было за что уцепиться.

Глава 3

Январь – февраль 1977 года

Московская зима в том году обрушила на город весь арсенал своих суровых орудий: сильные холода, от которых жители столицы в последние годы отвыкли, густые метели с воющими ветрами, когда с неба всё сыплет и сыплет жёсткая, обжигающая лицо белая крупа и в нескольких метрах от тебя уже не видно ни прохожих, ни домов, ни машин.

Несмотря на морозы и вьюги, они встречались почти каждый день. Ходили в кино на последний сеанс. И, как шестнадцатилетние юнцы, сидели на последнем ряду. Андрей целовал Люсю, и она не противилась, но и не отвечала на его поцелуи. Пыталась привыкнуть к касаниям тонких губ, другому, не Игореву дыханию, запаху.

Прошло несколько недель. После кинотеатра и прогулок стали ездить на квартиру приятеля, когда Андрею удавалось раздобыть ключи. Люсе надо было переступить эту черту, чтобы как можно быстрее забыть Игоря. Как она ненавидела чужие «хаты»!

– Почему мы должны таскаться по чужим «хатам»? Терпеть не могу эти совковые «радости». Пошло, противно, унизительно, убивает все чувства. У тебя разве нет своей квартиры, комнаты, своего угла, наконец? Ты же взрослый мужчина, а не восемнадцатилетний юнец! – удивлялась Люся.

– Ну, прости! Так получилось, что я пока живу с матерью. Она – учительница русского языка и литературы. Все вечера сидит дома, проверяет тетради. Домоседка. Куда я её дену? Не выгонять же на вечер к подруге. Правда, у нас две отдельные комнаты, но так же нельзя: мать – в одной комнате, мы – в другой. Мать это не поймёт, да и нам будет неловко. Потерпи! Всё очень скоро изменится. Хочешь – веришь, хочешь – нет, но у меня обязательно будет свой дом, классная машина, может, даже яхта и ещё много всякого разного, что нужно для нормальной, цивильной жизни. Я тебе обещаю, просто пока не могу раскрывать все карты, – заверял Люсю Андрей. Он так пылко и убеждённо говорил, что Люсе хотелось верить в эти нереальные реалии.

Допустим, машину можно купить, дачу тоже, но о какой такой яхте он болтает? Насмотрелся заграничных фильмов, не иначе. Одно слово – Голливуд. Грезит. Странный этот Андрей: трепач, фантазёр, мечтатель. Или, не дай бог, шиз, безумец.

Секс в чужой квартире, пусть даже чистой и прилично обставленной, на чужой софе, под старинными часами-ходиками, громко отмерявшими положенное для любви время, был Люсе мало приятен. Она предусмотрительно приносила из дома свежее постельное белье. Но как ни старалась Люся приспособить к ситуации своё восприятие и сознание, всё было напрасно: непоправимо портилось настроение, она сжималась в комок нервов и не могла, расслабившись, ответить на чувства Андрея.

— Какая ты зажатая, скованная, словно только что потеряла невинность. Я же у тебя не первый… Что с тобой? Тебе плохо? Я тебе противен? — Андрей нервничал. Ему всё больше нравилась эта девушка, и он боялся сделать что-то не то, спугнуть её, упустить.

— Был бы противен, я бы с тобой не спала. Просто эта совковая любовь на «хате» друга не для меня. Такое чувство, что кто-то подсматривает в замочную скважину. Я уже давно вышла из того юношеского возраста, когда любовью занимаются в машине, в лифте, на чужих кроватях и в походных палатках. Не получаю от этого кайфа, и всё. Мне не шестнадцать лет, а двадцать шесть.

— Целых двадцать шесть лет! Ты жутко старая. Ну, прости! Не сердись, пожалуйста! — Андрей тряс Люсю за плечи, заглядывал ей в глаза, целовал, утешал. Она оттаивала.

— Я не сержусь, просто объясняю свои ощущения, чтобы ты меня лучше узнал, чтобы мы друг друга понимали.

— «Счастье — это когда тебя понимают». Из какого это фильма?

— «Доживём до понедельника».

— Один из моих любимых фильмов.

— Я тоже люблю этот фильм. Значит, у нас некоторые общие взгляды и вкусы похожи, Андрей. Уже неплохо для начала.

— Значит, мы друг друга понимаем. И это счастье.

— Наверное…

Люся слабо улыбнулась. Обманывала она Андрея. С Игорем ей было всё чудесно: любовь инкогнито в пансионате-люкс для внешторговцев, в дешёвой подмосковной гостинице, в деревне на сеновале, на одеяле в лесу, зимой у камина на Игоревой даче и даже ночью на заднем сиденье машины.

Игорь, Игорь! Что ты сейчас поделываешь среди верблюдов, крокодилов и пирамид? Как ты мог от меня отказаться? Я пытаюсь полюбить этого странного доктора, стараюсь всеми возможными способами совершить невозможное. И я докажу тебе, я смогу. Ты позвонишь моей маме, и она скажет тебе, что я счастлива. И тогда ты почувствуешь ревность, банальную, мучительную ревность мужчины, потерявшего любимую женщину. И ты пожалеешь, что так легко от меня отказался… Ревность будет точить тебя, вторгнется в твою благополучную партийно-внешторговскую жизнь, нарушит твой семейный покой. Ты подкараулишь меня где-нибудь… у метро, у подъезда и будешь умолять вернуться к тебе, но я не вернусь. Ни за что! Не из гордости и не из упрямства. Просто я сумею разлюбить тебя. Доктор Андрей вылечит меня от несчастной любви. На тебе свет клином не сошёлся. В конце концов, я ещё молода и внешне очень даже ничего, если судить по взглядам, которые на меня бросает Андрей, да и некоторые другие мужчины.

Люся фантазировала, рисовала себе картины раскаяния и возвращения Андрея – одну ярче другой, упивалась своей стойкостью и решимостью. Однако в глубине души она понимала, что её упорные попытки вышибить клин клином займут долгое время и, скорее всего, обречены.

Можно пересилить кого-то, труднее пересилить себя. Можно кого-то обмануть, но себя не обманешь. Можно спрятаться от других, не подходить к телефону. Но от себя не спрячешься. Только птицы самообманно прячут голову под крыло. Игорь обрубил мне крылья. Да и какая из меня птица? Сидела в клетке одинокой канарейкой и щебетала. Он приносил мне воды и корма, и больше мне ничего не было нужно.

Андрей успокаивал Люсю ласковыми словами и интимно нежными прикосновениями. Она закрывала глаза и, когда он ласкал её, невольно старалась обмануться, представляла себе любимые руки Игоря, с неизменным «дефектом» обручального кольца. Но и это не помогало. Слишком свежи были воспоминания. Она не могла себя заставить полюбить Андрея. Вместо мягкой податливости женского тела Андрей натыкался на деревянную куклу. И их соитие превращалось в короткое механическое действо. Люсю всё это чрезвычайно угнетало, а Андрей только повторял свою излюбленную фразу: «Ничего, ничего! Скоро всё изменится. Я тебе обещаю!»

Потом он провожал её от метро до самого дома. Да, в заботливости и даже галантности ему не откажешь, но этот ритуал был скорее проявлением характера собственника, а не джентльмена. Люся теперь была его, Андрея, девушкой, его «любимым одушевлённым предметом», и он не мог допустить, чтобы с ней случилось что-то ужасное.

Запорошённые снегом, они заходили в подъезд погреться, доцеловаться, домолчать и договорить то, что не успели за вечер. Пытались исправить неловкий любовный «обряд» на квартире друга. Андрей «залечивал её душевные раны» сухими, осторожными поцелуями. Люся снова подстраивалась, не оставляла попыток назло Игорю влюбиться в Андрея. Теоретически Андрей ей очень даже мог понравиться. Правда, больше внешне, чем по характеру и несколько закрытому психологическому типу. Самолюбию девушки льстило, что такой высокий, красивый тридцатидвухлетний мужчина её обхаживает, говорит нежные слова и уделяет её особе столько внимания.

Но химия любви не подвластна какой-либо логике и науке, хоть «химией» её назови, хоть «алхимией», хоть «физикой». У неё свои метафизические законы.

Педантичный Андрей точно, по часам, минута в минуту, подходил к зданию университета на Моховой, где работала Люся, собственнически брал её под руку и тотчас говорил: «Ну, всё, пошли!» – и тащил за собой, не давая ей возможности толком попрощаться со студентами или коллегами, с которыми она в момент его появления беседовала. Разговор невежливо прерывался, коллеги и студенты удивлялись. Люся с притворной беспомощностью разводила руками: мол, меня забирает любимый человек, ничего не могу поделать.

Она поддавалась напору Андрея и играла по правилам его игры, хотя чувствовала, что в этом преждевременно собственническом отношении его к ней кроется нечто странное, болезненное, тёмное, что Андрей – совсем не её суженый. Что это ошибка. И, может быть, пока не поздно, надо оборвать роман, бежать прочь и искать другое лекарство от любви. Чувствовала, но продолжала с ним встречаться. Андрей был рядом каждый день. Он подавлял её волю и подставлял плечо. Его было много, слишком много. Люся, словно рыбка, добровольно заплыла в сети Андрея, трепетала, била хвостиком – покорилась. Там и осталась. И что теперь: аквариум или рыбка на обед?

Она спрашивала себя, а потом его, почему он, взрослый, серьёзный мужчина, по профессии врач, нигде не работает, почему живёт на иждивении матери-учительницы. Андрей с некоторым раздражением объяснял, что так сложилось. Он окончил мединститут на Кавказе, в Грозном, там женился и работал на «скорой помощи». Потом развёлся с женой и вернулся в Москву к матери. (Где его отец? А Бог его знает, где! Да и не важно, где этот старый хмырь папашка нынче обретается. Давно уже о нём ни слуху ни духу. Может, в Израиле, может, в Австралии. А может, на том свете. Между нами никогда не было тёплых отношений.) В общем, Андрей ещё не успел устроиться на новую работу. Да и надо ли куда-то устраиваться? Только создавать путаницу с документами и трудовой книжкой. Разве что в истопники или в дворники пойти. Ведь они с матерью всё равно собираются скоро уехать в Америку.

Вот оно! Проговорился, наконец. Теперь многое становится понятным. Мечты о собственном доме и яхте.

– Так ты, значит, в Америку собрался. Хорошо, что предупредил. Картина проясняется. И какая роль в этой связи уготована мне? Временный роман до получения разрешения на выезд?

Андрей схватил Люсю за руку, сильно, до боли, сжал пальцы. Она охнула и отдёрнула руку. Он смотрел на девушку так пристально, настороженно, будто ждал с её стороны какого-то подвоха, обмана.

– Твоя роль – быть со мной… навсегда. Я тебя теперь так легко не отпущу. Ты поедешь со мной в Америку? Ну, если мы поженимся, поедешь?

Ошарашенная таким поворотом дела, Люся молчала. Не знала, что сказать. Некоторые её друзья и родственники уехали в эмиграцию. Кто в Израиль, кто в Штаты, кто в Канаду, а кто добрался и до Австралии. Сама Люся покидать Союз пока не собиралась.

– Что ты молчишь? Посмотри мне в глаза. Ты поедешь со мной в Америку, если мы поженимся? – он напирал на неё, требовал ответа.

– Ого! Почему такой приказной, авторитарный тон? Ты говоришь со мной, как с провинившимся ребёнком. Я смотрю тебе в глаза, куда ещё?

– Прости, пожалуйста! Я нервничаю.

– Я тоже.

– Отвечай! Для меня это очень важно. Ты поедешь?

– Так неожиданно! Не понимаю. Ты мне делаешь предложение? Или ты просто хочешь, чтобы я с тобой поехала в Америку, и только поэтому делаешь предложение? Мы ведь друг друга почти не знаем.

– Я делаю тебе предложение, потому что я полюбил тебя, Люся. За короткий срок нашего знакомства ты стала мне дорога. Я постоянно думаю о тебе, беспокоюсь. Какие у тебя красивые глаза! Они такие ясные и светлые: то серые, когда ты сердишься, то небесно-голубые, когда ты ко мне добра и улыбаешься. У меня была жена и немало других женщин. Ты, конечно, догадываешься. Да я и не собираюсь это скрывать. Ни у одной из них не было таких чудных глаз! И вообще… Ну, люблю я тебя. Ты теперь – моя женщина. Моя!

– Ну, твоя, твоя. Не спорю. Как же ты умеешь красиво говорить, Андрей! На Кавказе научился, не иначе?

– А хоть бы и на Кавказе! Кавказцы не только умеют красиво говорить, они – самые преданные мужья.

– Да уж! Преданные, ревнивые до крови… Так, кажется? Если что не так – заррэжу!

– Не ёрничай и не сгущай краски! – Андрей криво улыбнулся и покраснел. – На Кавказе никто зря никого не режет. За дело – да!

– Так! Я ничего не хочу слышать про кавказский менталитет и обычаи. Слава богу, мы живём в Москве.

– Всё. Забыли про Кавказ! Я тебя спросил про Америку.

– Подожди с Америкой. Я просто пытаюсь понять. Почему ты не спрашиваешь, люблю ли я тебя?

– А я спрашиваю: Люся, ты меня любишь?

– Ты мне… нравишься, Андрей. Да, нравишься! И я к тебе… привыкаю. Знаешь, я не верю в любовь с первого взгляда.

Вот и обманула. Игоря я полюбила, как только его увидела.

– Откровенно и честно. Не любишь, значит… Но мне пока и этого достаточно. Со временем полюбишь.

Она не может не полюбить меня. Она должна. Как те, как другие… Привыкнет, полюбит. Куда денется!

Андрей не сомневался в своей неотразимости. Он снял очки и посмотрел на Люсю долгим, призванным обворожить взглядом своих красивых зелёных глаз.

– Самоуверенности тебе не занимать!

– Я не самоуверен, а просто уверен, что это произойдёт. Я так чувствую. Ты мне не ответила. Ты выйдешь за меня замуж? Ты поедешь со мной в Америку?

– Пока не знаю. Мне нужно время подумать, посоветоваться с родителями. У меня папа с мамой, бабушка… Не дави на меня!

– Хорошо. Думай. Только много времени на раздумье я дать тебе не смогу. Мы с мамой уже начали готовиться к эмиграции. Покупаем вещи на продажу в Австрии и Италии, собираем документы. Представляешь, мамина подруга Бэтя пишет из Нью-Йорка, что у них продают клубнику круглый год. У нас зимой только квашеная капуста и солёные огурцы. Правда, ещё привозные мандарины и апельсины. Ну, если выбросят на прилавок. Ты любишь клубнику?

– Люблю. Особенно с молоком и с сахаром. Так ты в Америку за клубникой собрался?

– Не только. А ты, оказывается, девушка с юмором и с характером. Это даже хорошо. Слабые и бесхарактерные эмиграции не выдерживают. Ломаются.

– Ломаются? И что с ними происходит дальше?

– Не знаю. Подыхают, наверное. Мне это совсем неинтересно. Мы с тобой, Люська, из породы сильных. Нас ждёт блестящее будущее.

Ой ли?! – подумала Люся.

Все их свидания теперь начинались и заканчивались одним и тем же вопросом «ну, что ты решила?» и одним и тем же ответом «пока ничего». Андрей первое время терпел Люсину нерешительность, потом стал злиться (она это видела по его глазам, которые, как и её, Люсины, глаза меняли цвет, когда он был чем-то недоволен: из зеленоватых становились тёмно-карими, почти чёрными). Всё же сдвинуть Люсю с мёртвой точки и вывести из некоего оцепенения он не мог.

Ещё немного – и ему надоест эта тупиковая игра в вопросы и ответы, и он меня бросит. Пошлёт на все четыре стороны. Ну и пусть! Даже лучше. Игорь оказался прав. Не получается у меня влюбиться, – думала она как-то даже с облегчением. Пока однажды всё не разрешилось само собой.

У Люси случилась двухнедельная задержка. Она забеспокоилась, начала подозревать, что беременна, и визит к гинекологу беременность подтвердил. Ей шёл двадцать седьмой год: по тем советским временам она считалась девицей уже не первой молодости, почти старой девой. Все её подруги повыходили замуж и нарожали детей, а некоторые даже успели развестись и вторично выйти замуж. Несмотря на то, что Люся всегда отстаивала в школе и в университете свою индивидуальность, своё мнение, держалась в стороне от группировок и не признавала трафареты, её женское естество упрямо, наперекор разуму и логике, хотело быть как все. «Быть как все» означало заводить семью. Казалось, сама судьба толкала её к замужеству. Люся призналась Андрею, что беременна и решила рожать ребёнка.

– М-да! Неожиданный поворот. Подзалетела, значит. Ну, никак не думал, что так получится. Я вроде предохранялся.

– Вроде?

– А это точно? Ты не обманываешь меня?

– Точно! Была у врача. Знаешь, я тоже не думала, как ты выразился, подзалететь. И не хотела, поверь!

– Если б не хотела, то б не залетела, – Андрей криво усмехнулся.

Что я говорю? Не туда понесло. Сейчас всё испорчу. Какой же я кретин!

– Дурацкий стишок. Это всё, что ты можешь сказать любимой женщине?

– Нет, конечно. Это я так, размышляю. Извини, пожалуйста!

– Размышляй, да побыстрей. Ну, я поехала домой. Позвони мне, когда найдёшь, что сказать, кроме пошлых стишков! – Люся резко развернулась и пошла к метро, ускоряя шаг.

Какого чёрта! Он, видите ли, размышляет. Вот и вся любовь. Твои голубые глаза, ты мне стала дорога… Как тривиально трусливо. Если он откажется от ребёнка, я всё равно рожу и сама воспитаю. Пусть катится в свою Америку! А я пойду работать в школу на ставку. Рожу ребёнка, возьму няню и пойду работать. Да, да, в советскую школу! Ничего! Университетская корона с меня не свалится. Уверена, что преподавателем английского языка меня возьмут, и пятый пункт не помешает. И вообще, я люблю работать с подростками. Это так интересно и ответственно – принимать участие в формировании юношеского сознания.

– Постой, Люся! – Андрей догнал её, развернул лицом к себе. – Не сердись! Прости меня! Твоя беременность… ребёнок, конечно, отсрочит и осложнит наш отъезд. Хотя… если посмотреть с другой стороны, теперь мы точно поженимся. Ведь это же мой ребёнок! Это мой ребёнок? Говори! – Андрей снова с силой сжал её пальцы.

– Успокойся и отпусти мою руку, сумасшедший! Ты делаешь мне больно. Ты меня пугаешь. Да, это твой ребёнок. Чей же ещё! Или ты думаешь, что я сплю с тобой и параллельно с другим. Хорошего же ты обо мне мнения! Ничего себе жену ты выбрал!

– Нет, я так не думаю. Просто на всякий случай спросил. Ну, не сердись на меня, дурака. В общем, ты родишь моего ребёнка, и мы все вместе поедем в Америку. Да? Ты согласна?

– Да что с тобой? Как ты умеешь всё передёргивать! Собственник какой! Тоже мне Сомс Форсайт нашёлся! Да, я рожу… не твоего, а нашего ребёнка. Когда ему исполнится годик, мы поедем с тобой в Америку! Не раньше. Доволен? – ответила Люся, так как уже не видела для себя другого выхода.

– Доволен. А Сомс… он кто?

– Форсайт. Герой романа «Сага о Форсайтах» Джона Голсуорси.

– Не знаю, не читал.

– Жаль! Много потерял… Думаю, тебе будет интересно и… полезно почитать классику.

– Спасибо за попытку повысить мой культурный уровень. Знаешь, мне хватает мамы – учительницы литературы.

– Извини! Понимаю, тебе сейчас не до классики. Решаешь суровые жизненно-важные проблемы.

– Извиняю. Ведь я люблю тебя, Люся! Отлично складывается жизнь: любовь, женитьба, ребёнок, Америка… Да об этом только мечтать можно!

Андрей вдруг повеселел, засмеялся, прижал Люсю к себе и нежно поцеловал в губы.

Он меня любит. Говорят, что в семьях один любит, другой позволяет себя любить… Я позволю. От

Игоря я отказалась. На ставку в МГУ не берут. Если честно, работать в школе мне совсем не улыбается. Шум, гам, никакой дисциплины. Да и что я могу дать советскому подростку, не покривив душой? Остаться в Москве безработной матерью-одиночкой на шее у родителей – стыдно. Дорога в никуда. Круг моих возможностей здесь, в Москве, прямо-таки узок. В провинцию я не поеду. Да и не возьмут меня на ставку даже в провинциальный институт. Значит, пусть будет Америка. Чем дальше от Игоря, тем лучше. Вот только папу с мамой надо уговорить и бабушку. А если они не поедут? Оставить их тут заложниками и удрать с Андреем за океан? Это предательство. Нет, конечно! Надо во что бы то ни стало ехать всем вместе.

Глава 4

Январь 1983 года

Люся взяла отпуск на работе и неделю выхаживала сынишку. Как только он поправился и пошёл в школу, она свалилась сама. У неё появились те же симптомы, что у Сашки: высоченная температура, «клубничный» язык, белое, как мел, лицо, сыпь на груди и боль в горле. Горло болело невыносимо, и Люся не только не могла глотать, но и говорила с трудом.

Их семейный доктор Н. был прав: скарлатина у взрослых протекает гораздо тяжелее, чем у детей. Люся лежала в полубессознательном состоянии, беспомощно истекала слюной, которую трудно было глотать, не в силах ничего предпринять: ни позвонить врачу, ни вызвать «скорую», ни позвать друзей или соседей. Бедный Сашка крутился вокруг матери, плакал и повторял: «Мама, мамочка! Не умирай, пожалуйста! Я тебя люблю».

Люся не помнила, сколько времени так пролежала с закрытыми глазами. То ли спала, то ли нет, но видела смутные картины, как будто она умерла, лежит в гробу, откуда-то слышится хоровое пение, вокруг много людей и все её оплакивают. Потом появляется Он, как в «Сказке о мёртвой царевне и семи богатырях», целует её в губы, и она оживает.

Когда Люся открыла глаза, то действительно увидела у своей постели, нет, не королевича Елисея, всего лишь Андрея. Галлюцинации перешли в реальность. Как она потом узнала, Сашка позвонил Андрею в истерике. Сказал, что мама умирает и надо её спасать. И Андрей, отбросив все недобрые мысли и чувства, проглотив горечь обиды на жену, которая «разрушила их семью», приехал спасать Люсю. Всё же он был врач и муж, хоть и бывший. К тому же Андрей надеялся, что, вылечив Люсю, сможет доказать ей свою надёжность, даже необходимость, и таким образом её вернуть. Он позвонил доктору Н., сбегал в аптеку и купил антибиотик, тот же самый ампициллин, которым лечили Сашку.

Андрей прожил в их бывшей квартире пять дней. Спал на том самом диване, который Люся хотела, но ещё не успела выкинуть. Андрей почти не отходил от Люсиной постели, поил чаем, водой и куриным бульоном (есть твёрдую пищу она не могла), давал два раза в день антибиотики, менял постельное бельё, относил её на руках в ванную и уборную, мыл. Люсе было так плохо, что даже не стыдно. Она смотрела на Андрея больными глазами, почти ничего не говорила, разве что еле слышное «спасибо».

Андрей источал предупредительность, саму доброту и нежность. И не роптал. Так получилось, что

Люсины скарлатинные дни, несмотря на ужасное самочувствие, были самыми лучшими днями их совместной жизни. Люся прокручивала киноленту последних пяти лет, сознательно исключая из неё печальные кадры, оставляя только эпизоды хрупкого счастья и безумных надежд. Таковых было бесконечно мало, жалкая горстка. Но они всё же были, были…

Вот Люся и Андрей сидят в обнимку в московской квартире на балконе и листают красочный, отпринтованный на дорогой глянцевой бумаге, наглядно призывающий к отъезду, рекламно захватывающий дух журнал «Америка». Андрей каждый месяц покупал его у знакомой продавщицы в газетном киоске на Садово-Каретной, прочитывал от корки до корки и аккуратно складывал в стопки. «Америка – прекрасная страна, страна не ограниченных для иммигрантов возможностей. Я сдам экзамен и буду работать врачом. Знаешь, сколько там врачи зарабатывают? Тебе и не снилось. Ты поступишь в аспирантуру и будешь преподавать в университете, скажем, русский язык и литературу. Мать работать не будет. Хватит! Напахалась за всю жизнь. Пусть отдыхает, ну, и займётся воспитанием нашего ребёнка. Наших детей… Ведь у нас будет двое, а может, и трое детей. Мы купим особняк где-нибудь под Нью-Йорком, чтоб у каждого по комнате с ванной и туалетом. Ну и, конечно, комнаты для гостей. Наймём няню, настоящую чернокожую няню, толстую и верную, как в книге «Унесённые ветром», – фантазировал Андрей. Люся молчала, улыбалась и кивала головой.

Или… они едут на поезде из Вены в Венецию. Стоянка на вокзале всего пять минут. Люся с Сашкой на руках в растерянности смотрит на многочисленные чемоданы, которые надо как-то вынести на перрон. «Эх, мать вашу так!» – кричит Андрей, не то в ярости, не то в азарте, и один за другим швыряет огромные чемоданы-монстры, напиханные в основном бесполезным барахлом, которое тогда казалось жизненно необходимым, в окно. Они успели. Андрей сияет, Люся тоже. Инна Абрамовна ворчит, мол, сыночек её сумасшедший – наверное, расколотил всю посуду. Но тоже скоро успокаивается. Ведь главное, что они успели выгрузиться до отхода поезда.

Андрей весь багаж эмиграции вынес на своих плечах. Какой он сильный, хороший, отзывчивый человек и преданный муж, и, может быть, я зря с ним развелась… Просто у него сдали нервы. Да, да! Андрею надо подлечиться. Мне так страшно остаться одной с ребёнком! Если я поменяю к Андрею отношение, проявлю больше заботливости, может быть, он изменится. Это я во всём виновата. Вышла замуж без любви. Он это чувствовал. Может быть, попробовать ещё раз?

Андрей посматривал на жену, пытаясь прочесть её мысли. Он старался, он так старался хоть на время быть тем, кем быть не мог.

Она должна, она просто обязана была оценить его! Ведь на кону стояло всё: любовь, семья, жизнь.

Прошло пять дней, болезнь отступала. Люся уже вставала с постели, выходила на кухню, сама брала лекарство и варила жидкую овсянку себе и Сашке.

Необходимость присутствия Андрея в её квартире постепенно отпадала. Они оба это осознавали, но вслух пока ничего не говорили. Андрей нервничал, курил у раскрытого окна. Запах дыма всё же оставался в комнате и оседал в Люсином ещё не долеченном горле. Она начала подкашливать. Андрей продолжал курить.

Господи, неужели он не понимает, что я ещё не совсем здорова? Он же врач! Ничего не изменилось. Толстокожий эгоист!

Не хотелось ей делать ему замечания, но она всё-таки не выдержала:

— Андрюша! (Она давно его так не называла.) Прошу тебя! Ты не мог бы покурить на улице? У меня всё ещё болит горло.

— Да, конечно! Я выйду на улицу покурить. И… я сегодня вообще уеду. Ведь я больше тебе не нужен. Мавр сделал своё дело… Ведь так? — сказал он и загасил окурок в сиреневой пепельнице. В его голосе, который был все пять дней таким тёплым и заботливым, прозвучали прежние ноты раздражения и злобы. Андрей как будто перевернул маску улыбки низом вверх. Получилась недовольная гримаса. Люсе стало не по себе. Она почувствовала знакомый страх.

Да, Андрея хватило ненадолго, что и следовало ожидать. Но где же моя благодарность?

— Андрюша! Я тебя не гоню. Спасибо тебе за заботу. Не знаю, что бы я делала без тебя. Наверное, пришлось бы лечь в больницу.

— Ну, вот и не пришлось… Всё! Докурил сигарету и уезжаю. Да? Ты слышишь? Я уезжаю. — Андрей вопросительно посмотрел на Люсю, подошёл к ней, положил ей руки на плечи. – Я у-ез-жа-ю! Почему ты молчишь?

Ему хотелось как следует встряхнуть её, даже ударить. Но он не посмел. Она молчала.

Ну что она могла ему сказать? Что пять дней доброты и заботы всё же не могут перечеркнуть пять лет кошмара? Что она по-прежнему не любит его и боится? Что она получила долгожданную свободу и не собирается эту свободу снова терять?

Андрей всё понял:

– Ты никогда меня не любила. Даже в Москве, когда я провожал тебя домой и мы целовались в твоём подъезде! Даже когда я таскался к тебе в роддом с кучей продуктов! Даже когда ты рыдала на моём плече в Австрии. Даже в Италии, когда были наши римские каникулы и я любил тебя, а ты ночами стонала от наслаждения!

– Что-то не припомню, чтобы я стонала от наслаждения. Ты всё перепутал. Я больше стонала от твоих побоев и хамства.

– Ты, Люська, помнишь только плохое. На хорошее у тебя отшибает память.

– Не правда! Я и хорошее помню. Пять дней болела, лежала и вспоминала только хорошее. Но его было так мало, Андрюша, так мало. Просто крохи.

– Нет, ты, Люська, никогда меня не любила! А я любил тебя, да и сейчас ещё… Такого преданного человека, верного, как пёс, тебе не найти.

– Да уж, такого найти трудно… Хватит патетики!

— Ты — холодная рыба, бесчувственная кукла целлулойдная! Или ты любила кого-то другого и вышла за меня, потому что забеременела… Признайся! Ведь так?

— Теперь это уже не имеет значения!

— Значит, я прав. Ты любила другого. И как я тогда тебя не раскусил! Хотя, пожалуй, теперь это действительно значения не имеет. Всё пошло к чёрту! Америка, мечты, любовь, семья!

— Опомнился… О чём ты думал раньше, когда издевался надо мной, хамил? В Москве, в Италии и здесь. Уезжай, Андрей, пока не натворил бед! Ну, пожалуйста! Ты мне так помог, и я тебе очень благодарна! Давай обойдёмся хоть сейчас без скандала и расстанемся по-доброму, — примирительно сказала Люся.

Я искренне хотела тебя полюбить, но ты же — чудовище, минотавр. Я наконец-то выбралась из лабиринта.

— Считай, что я уже уехал. Goodbye! Сашка, сынок, иди сюда. Помни, что у тебя есть папа, который тебя очень и очень любит. А ты, Люся, если что надо, обращайся, не стесняйся.

Он всё это проговорил быстро-быстро, как будто боялся, что, если помедлит, наружу выскочит злой бес, который сидел в нём и терзал его раздвоенную душу. Выскочит и покажет всем отвратительный раздвоенный язык. Во избежание неприятностей и бед беса надо было держать под замком. Люся и Андрей это хорошо знали.

– Goodbye не подходит. Ведь я тебе ещё понадоблюсь. Ты меня ещё позовёшь. Я знаю, поэтому говорю «пока!» – сказал Андрей и стал открывать дверной замок.

– Пока! Спасибо за помощь! – сказала Люся и закрыла за Андреем дверь.

Сашка заплакал и уткнулся зарёванным личиком в Люсин живот. Она гладила ребёнка по голове и приговаривала:

– Ничего, ничего, мой маленький! Не плачь! Всё будет хорошо! Мама выздоровела.

– Мама, а люди разводятся навсегда? – спросил Сашка.

– Чаще – навсегда, но бывает, что… на время, – ответила озадаченная детским вопросом Люся.

– А вы с папой развелись навсегда?

– А ты бы как хотел, чтобы навсегда или нет?

– Я не знаю. Когда папы нет, ты такая добрая, спокойная. А когда папа дома, вы всё время ругаетесь. Я не люблю, когда вы кричите. Я становлюсь нервным.

Боже мой! Он всё замечает и рассуждает, как взрослый, мой маленький мальчик.

– Вот мы с папой и не будем больше кричать друг на друга, и ты не будешь нервничать.

– Ну и что? Папа всё равно хороший, он нас любит, и тебя вылечил. Кто будет тебя лечить, если ты опять заболеешь? Кто?

– Ну, я больше не буду так сильно болеть. Обещаю! Ведь скарлатиной болеют только один раз в жизни.

– Есть разные другие болезни… Маму Джимми забрали в больницу. Ей сделали операцию. Она теперь всё время лежит. А папы у них нет, одна бабушка старенькая. Джимми сказал, что, если мама и бабушка умрут, его отдадут чужим людям в foster care. Если тебя не будет, меня папе не отдадут. Ведь папа не работает, а бабушка Инна злая. Она любит только свою собаку. Я не хочу к ней и в foster care тоже не хочу.

Уж лучше в foster care, чем к такой бабушке или твоему папочке, – подумала Люся.

– Но я же не умерла и умирать ещё долго не собираюсь. Правда, болезней много. Но ведь у меня есть ты. Ты скоро вырастешь и станешь обо мне заботиться. Я буду заботиться о тебе, а ты – обо мне? Ведь так?

– Нет! Не так. Я ещё не скоро вырасту. Ты не любишь, не любишь папу!

Люся открыла было рот, но не знала, что тут сказать.

Как растолковать пятилетнему ребёнку, что она никогда не любила его отца и вышла за него замуж с надеждой вылечиться от другой любви? Но молчать нельзя. Ребёнок ждёт от неё объяснения, понятного его детскому уму и логике. Ложь во спасение.

– Сашенька, детка, я любила твоего папу, и папа любил меня. Ты же знаешь, что люди женятся, когда они любят друг друга. Но так случилось… Мы уехали в Америку. У нас в семье возникло много проблем, и мы вместе не могли и не можем эти проблемы решить. Поэтому нам лучше жить отдельно. Так будет правильно и легче для всех нас.

– Ты папу выгнала и заведёшь себе бойфренда, а потом выйдешь замуж. Так все мамы делают. Я знаю. Я не хочу другого папы! Не хочу!

– Откуда ты это знаешь? Кто тебя просвещает – Джимми? – сердито спросила Люся и подумала:

Устами младенца…

– Никто! Я сам знаю. Я кино смотрел по телевизору. Я уже не маленький.

– Ты – мой маленький большой мальчик. Но, во-первых, дети не должны смотреть фильмы для взрослых. А во-вторых, я пока не намерена заводить бойфренда, тем более выходить снова замуж. (И это была чистая правда… в тот момент.) У меня нет ни сил, ни времени, ни желания. Мы будем жить с тобой вдвоём. Только ты да я. Но я вовсе не отнимаю у тебя твоего папу. Если ты захочешь с ним увидеться, скажи мне, и я всё устрою. Договорились?

Сашка ничего не ответил. Разревелся и убежал в свою комнату. Люся пошла за ним. Ребёнок продолжал плакать, и дальнейшего разговора не получилось.

Как всё просто и вместе с тем сложно! Я не люблю Андрея. Я его временами ненавижу. Андрей по-прежнему по-своему любит меня, просто как собственность, как личную вещь, которую потерял или проиграл в карты. Что имеем, не храним… И обожает Сашку. А Сашка любит нас обоих.

Глава 5

Весна – лето 1977 года

Андрей, беременность, ребёнок, Америка. Люся наконец-то выстроила план жизни на ближайшее время и успокоилась. И тут вдруг звонит ей школьная подруга Таня С., с которой она не виделась с выпускного вечера. Естественно, Таня была совершенно не в курсе последних событий в Люсиной судьбе и предложила нечто, казалось бы, абсолютно абсурдное:

– Люсь, я приступлю сразу к делу. Ты знаешь, что я в аспирантуре на психологическом факультете МГУ. Так вот, у нас имеется некий кадр, симпатичный и весьма талантливый аспирант Женя. Ну просто душка. Одна проблема – он иногородний, и, чтобы остаться в Москве, ему нужно жениться. Он мне сказал, что не хочет фиктивного брака. Хочет познакомиться с девушкой, чтобы всё по-настоящему. Мне наши девочки сказали, что ты сейчас свободна. Я прикинула: ты самая лучшая кандидатка. Давай познакомлю. Что скажешь?

— Тань! Не знаю, что и сказать. Если бы два месяца назад, я бы точно согласилась. А сейчас… Словом, я растеряна.

— Понимаю. У тебя, наверное, появился парень.

— Появился…

— И вы друг друга любите…

— Не совсем так. Возникли сложности. У него тяжёлый характер.

— Так! На кой чёрт тебе нужен муж с тяжёлым характером? Познакомься с Женечкой: лёгкий, покладистый, талантливый, остроумный. Симпатяга! Честно хочет жениться, завести семью.

— Ох, Тань! Ну почему ты мне так поздно звонишь? Я сейчас мало что могу изменить. Всё вроде на мази.

— Господи! Ну что ты заладила: поздно звонишь, поздно звонишь. Никогда не поздно поменять любовника и даже мужа. Давай решайся. Я вот уже двух мужей сменила. И ничего!

— Ну, ты меня с собой не сравнивай. Ты и в школе шустрая была насчёт мужского пола.

— А ты? Помнится, у тебя была великая первая любовь с восьмого класса. Разведка донесла, что вы расстались. А твой новый парень — явление временное.

Люся молчала.

Если бы Таня знала, что я беременна… А зачем ей знать? Никто не должен ничего знать! Андрей — такой тяжёлый человек! И я не люблю его. Значит, я свободна. Подворачивается случай. Надо его использовать.

*Психолог-аспирант звучит весьма современно и заман-
чиво. Если он психолог, значит, скорее всего, добр и умом
не обделён. Надо соглашаться.*

– Хорошо, Тань! Уговорила. Дай этому харизма-
тичному аспиранту мой телефон.

– Уже даю. Удачи!

Они встретились у метро «Парк Культуры».
Люся надела своё стильное зимнее пальто, оторочен-
ное снизу чернобуркой. И шапку меховую, высокую,
пушистую, тоже из чернобурки. Настоящая снегуроч-
ка. Советская модель! Словом, выглядела на все сто.
Женя ей сразу понравился спокойным взглядом
умных карих глаз и притягательной улыбкой. Стоял солнечный зимний день. Лёгкий морозец обжигал
лицо. Они зашли в кафе: выпить кофейку с булочкой,
погреться и поболтать. Женя рассказал о себе: окончил аспирантуру, почти готова диссертация, снимает
комнату. Уже получил неофициальную рекомендацию
для преподавательской работы. Мешает отсутствие
московской прописки. Но он хочет настоящих, се-
рьёзных отношений. Не вилял, не юлил, озвучил всё
открытым текстом. Просил извинить его за такие ско-
ропалительные поиски невесты. У него была девушка,
но они не сошлись характером и порвали отношения.
Люся видела в его глазах одобрение своей внешности
и всего облика. Женя был не прочь продолжить знакомство.

*Такие парни на дороге не валяются. Надо согла-
шаться. Ну и пусть иногородний. На москвичах свет*

клином не сошёлся. Да и коренных москвичей теперь
единицы. Сплошная деревня.

– Позвоните мне в субботу. У меня дядя делает
фотовыставки актёров и может достать билеты на любой модный спектакль, например в «Современник»
или театр Маяковского. Хотите?

– Конечно, хочу! Кто же может отказаться от таких подарков судьбы?

Они посидели в кафе часок. Люся коротко рассказала о себе. Мысленно сравнивала харизматичного, спокойного, улыбчивого Женю с нервным, зам-
кнутым Андреем. Андрей совсем не умел улыбаться.
Он мог рассмеяться, когда что-то показалось ему
достаточно забавным, но, если пытался улыбнуться, улыбка выходила у него какая-то кривая, скорее
– гримаса. Сравнение этих двух мужчин было не в
пользу Андрея.

Люся фантазировала, как они пойдут с Женей в
театр Маяковского, посмотрят «Двое на качелях»,
потом погуляют по вечерней Москве. Молодец Таня!
Она позвонила вовремя.

До театра дело не дошло. По дороге домой Люся
почувствовала сначала лёгкую тошноту, потом ей
стало совсем плохо, и её вырвало прямо на улице у автобусной остановки – на глазах у всего честного народа. Хорошо, что Женя этого не видел.

Что со мной? Я ведь ничего такого не ела. Просто
выпила чашку кофе с булочкой. Правда, булочка была
жестковата, не первой свежести. О Господи! Люся! Ты
не знаешь, что с тобой? Ха-ха! Ну, подумай немного,

поднапряги свои умственные способности, посмотри правде в глаза. Всё весьма просто, банально и натурально. Ты беременна. Вспомнила? И у тебя начался обычный токсикоз. Перед тобой выбор: делать аборт и встречаться с Женей или оставить ребёнка и выходить замуж за Андрея.

Люся вытерла рот платком, выбросила платок в урну и заплакала. От обиды за такую несправедливость, от отчаяния.

Какой аборт? Да как мне такое могло прийти в голову? Я хочу этого ребёнка и непременно буду рожать. А психолог Женя? Не судьба мне с ним. Очень жаль! Позвоню Тане, скажу, что мой возлюбленный мне больше подходит. Пусть ищет для Жени других невест. Да, но можно ведь и аборт не делать, и Женю сохранить. Некоторые женщины успешно проделывают подобные финты. Пойди потом разбери, какой срок беременности и от кого ребёнок. Некоторые… Но не я. Я не смогу. Пожалуй, на такие хитросплетения я не способна. Непременно будет прокол, сопряжённый со скандалом, стыдом и черепками счастья. Как мне хронически не везёт! Значит, остаётся Андрей.

С этого дня токсикоз разыгрался не на шутку. Беременность не давалась Люсе легко. Общеизвестно, что беременных тошнит по утрам. Люсю тошнило утром, днём, вечером, перед сном, вместо сна. Дома, в автобусе, в метро, на улице, на работе. После еды, до еды. Словом, тошнотворное состояние стало доминирующим. Во время занятий она вдруг вскакивала и бежала в туалет. Было неловко и даже стыдно.

Студенты догадывались, что она беременна, перешёптывались. Одни хихикали, другие выражали сочувствие: «Людмила Григорьевна, вам помочь? Может, за водой сбегать?»

Любая пища, даже самая ею любимая, или напиток выбрасывались из её рта отвратительным бунтарским фонтаном. Она теряла силы, похудела, подурнела и перестала спать. Её организм упорно не желал укоренять в себе Андреево семя и сопротивлялся, как только мог. Люся еле передвигала ноги и не могла работать. Пришлось взять больничный.

— Нет, так дело не пойдёт, — сказала районный врач-гинеколог. — Мы положим вас на сохранение. Подколем витаминами. Токсикоз пройдёт, вы отдохнёте и успокоитесь. И ваш ребёнок тоже успокоится. Он ведь там внутри чувствует ваше состояние и нервничает вместе с вами. Людмила, вы интеллигентная, умная женщина! Вы хотите родить здорового ребёнка или нет?

— Да, конечно! Если это необходимо для здоровья моего будущего ребёнка, я готова лечь в больницу, — согласилась Люся, хотя прекрасно понимала, что собой представляют обычные московские (не для избранных) родильные дома, куда клали на сохранение.

Пришлось лечь в роддом. Сначала Люся, как и полагается в советских больницах, лежала в коридоре, на сквозняке, где с утра до позднего вечера, словно на одной из центральных улиц Москвы, сновал больничный народ: беременные женщины, гордо несущие свои животы; суетливые, хихикающие медсестрички,

заигрывающие с молоденькими практикантами; язы-
кастые нянечки с суднами, вёдрами и швабрами; ну и,
конечно, врачи.

Первые сутки никто на неё не обращал внимания. Подумаешь, лежит какая-то беременная в коридоре. Одна из. Не блатная, никому из персонала не
родственница, не знакомая. Угрозы выкидыша вроде
нет. Обычный токсикоз. Разве что кормили три раза
в день – и то прескверно. Люся, естественно, ничего
безвкусно-казённого в рот не брала. Тошнота не проходила. Лёжа в коридоре, Люся не могла ни успокоиться, ни отдохнуть. Потом всё же её перевели в па-
лату, где лежали ещё три женщины. У каждой – своя
стадия беременности, свои медицинские проблемы и
своя семейная история.

Беременных особо ничем не лечили, так как будущему ребёночку лекарства могут повредить. Просто кололи витамины, взвешивали, брали анализы,
мерили давление и водили на осмотр. Женщины по-
пались удивительно охочие до болтовни: коротали
время, рассказывая друг другу интимные подробности своей семейной жизни. Люся всё больше помал-
кивала и слушала признания остальных подруг по
несчастью (или счастью?). Совсем молоденькая девушка Аня, плача, поведала о своих горестях.

– Ой, девочки! Я так люблю своего мужа! Просто с ума схожу без него. Он-то, муж мой, сзади ко мне
осторожно прилаживался, когда у меня вырос живот,
ну, и того… трахал. Каждый вечер перед сном. Ну, я
привыкла и теперь без него и уснуть не могу.

Аня готова была заплакать и искала сочувстзия у товарок-однопалатниц.

– Ничего, как привыкла, так и отвыкнешь. Дура ты, Анька. Видите ли, она без мужика заснуть не может! Ты уже почти на сносях. Тебе еб-ся вредно. Не приведи Господь, ребёночку своему навредишь, – строго сказала женщина лет тридцати – Галя. – Мой от меня, слава богу, временно отстал. А то никакого покоя не было: и перед сном хочет, и посреди ночи разбудит, и утречком с нечищеными зубами трахнет. Брр! Говорит, что очень любит. На хрена мне, девушки, сдалась такая любовь! А? Особенно сейчас, з положении. Я отдыхаю от секса. О ребёнке надо думать, женщины, а не о мужиках!

– Ой, не скажи, подруга. А я это дело очень даже обожаю. Я сама-то русская, а муж мой татарин, мусульманин, значит. Как засадит свой татарский… обрезанный… Обалдеть! Как вспомню… А ты что молчишь, Люся? Ничего не рассказываешь, – попыталась расшевелить новенькую пациентку охочая до секса, весёлая девушка Рая.

– А что рассказывать?

– Ну, так, ваще…

– Ваще… что тебя интересует?

– Ты своего мужика любишь?

– Ну, люблю. И что с того?

– Ну, и как у вас это дело поставлено?

– На широкую ногу, – очень серьёзно сказала Люся.

– А подробнее…

– Ну, всё делаем по камасутре, – Люся еле сдерживала смех.

– Это как? Кама… с самого утра? Давай рассказывай, – Рая явно заинтересовалась.

– Я бы рассказала, да боюсь, ты разволнуешься и родишь… преждевременно. Там такие откровенные детали, такие позы! Закачаешься!

– Не волнуйся, не рожу. Валяй, излагай! Интересно же.

– Любопытная ты, Райка! Да нечего рассказывать. Пошутила я.

– Как пошутила? Издеваешься, да? Думаешь, ты здесь самая умная? Интеллигентка, бля!

– Я думаю, что самая умная среди нас – Галя. А если тебя интересует ваще, то мы с Андреем пока ваще не женаты и живём на разных квартирах. Так что секс у нас был спорадический. Вот выйду из больницы, распишемся, сыграем свадьбу.

– Так вы ещё не расписались? Будете, значит, грех покрывать, – встряла в разговор Галя.

– Будем, – Люся улыбнулась.

– Смотри, там, на свадьбе своей, сильно не пей и не пляши, а то опять сюда загремишь, – заботливо отреагировала Галя, польщённая, что её назвали самой умной.

Андрей навещал Люсю каждый день. Её палата находилась на первом этаже. Стоял конец июня, в город уже успела проникнуть жара. Кондиционеры и вентиляторы тогда в городских больницах не водились, разве что в «Кремлёвке», но Люся там никогда не была и могла лишь предположить, что больничные условия жён и дочерей партийно-правительственной верхушки кардинально отличались от местных. Непривилегированные пациентки в обычном роддоме спасались от жары у настежь раскрытых окон. Ночами становилось прохладнее. Они открывали дверь, устраивали приятный сквознячок. Свежий воздух одурманивал. Женщины спали, и Аня с Люсей тоже начали спать. За компанию.

Андрей приносил Люсе продукты для подкрепления беременного организма, подходил к раскрытому окну в коридоре, широким жестом раскладывал на подоконнике фрукты и овощи в истинно рыночном количестве: парниковые помидоры, огурцы, яблоки, клубнику, апельсиновый сок. Он возвышался над красочными натюрмортами, красивый, довольный и гордый, как художник или как продавец над своим высококачественным товаром. Люся, конечно же, не могла одна поглотить такое количество полезной пищи.

— Зачем ты мне столько всего приносишь? Ты же знаешь, что меня тошнит, — увещевала она Андрея.

— Ничего, ничего! Сегодня тошнит, завтра перестанет. Вам с моим ребёнком нужны витамины.

— С нашим ребёнком, Андрей! С нашим!

— Не придирайся к словам, Люська! Давай ешь, наворачивай!

Люся сметала с подоконника все продукты подчистую и угощала своих товарок. Женщины охотно поедали Андреевы дары и проникались к Люсе чувством безмерной сестринской благодарности. Им такое усиленное питание и не снилось.

– Ой, спасибо, Людмила! Ну и накормила ты нас! Повезло тебе, девушка. Мужик твой такой видный, состоятельный и совсем нежадный. Во-о-он сколько денег на тебя тратит! Небось на рынке покупает. В магазинах такое не купишь. Похоже, еврей он. Говорят, евреи самые лучшие мужья: непьющие или малопьющие. Они всё для дома, для семьи, – с некоторой долей зависти протянула Галя и даже присвистнула. И добавила: – А мой гад последние пропивает. Сволочь! Сюда ни разу даже не пришёл. Небось бабу себе завёл. Ну и хрен с ним! Рожу, приеду домой и пошлю его ко всем чертям. Мама поможет.

– Да, мой муж – еврей! Я и сама еврейка, – Люся решила играть в открытую.

– Ты, Люся, на еврейку совсем не похожа, – услышала она в ответ знакомый «комплимент», в разговор вмешалась Рая, у которой муж татарин. – Нет, я против евреев ничего не имею, но моя подруга с телевидения (она в Останкино бухгалтером работает) говорит, что евреи там все лучшие места заняли. Русскому человеку не пробиться.

– Я на телевидении не работаю и ничьё место не занимаю. И вообще, я преподаю в МГУ английский за рубль в час. Я – отличный преподаватель, и думаю, что моё штатное место занимает кто-то другой... На ставку меня не берут, боятся, что уеду в Израиль. Вот такие дела. Да, девочки. Мне здорово повезло: и с мужем, и с работой! Сама не верю своему счастью, – подытожила Люся.

Знали бы вы, какой он состоятельный! Зачем он покупает столько продуктов? Гигантомания какая-то. Денег своих у него нет. У матери, наверное, берёт. От учительской зарплаты отдирает. А мать его, возможно, даже не подозревает о моём существовании. Ведь он нас пока ещё не познакомил. Неизвестно, как она отреагирует, когда узнает. У меня нехорошие предчувствия. Мама с любимым сыном собрались в Америку, и тут вдруг возникает неожиданное препятствие к скорому отъезду в виде свалившейся с неба беременной невесты. Ясно, что она меня, мягко выражаясь, не полюбит. И ребёнка моего, наверное, тоже.

Как будто серым свинцовым облаком окутало её мысли.

– В Израиль одни гады и предатели уезжают. Советская власть их кормила, поила, отдельные квартиры давала, бесплатно лечила, учила. А они, неблагодарные, туда – пачками, – запела Рая известную песню.

О Господи! И в роддоме достали антисемиты. Но ругаться с ними нельзя. Заклюют. Себе дороже. Надо налаживать отношения с народом.

– Не переживай за советскую родину, Райка. Не все евреи едут в Израиль. Я вот остаюсь с вами в Советском Союзе. Патриотка я, комсомолка. (Правда, придётся скоро из комсомола выбывать – по возрасту.) На ставку не берут, а я всё равно за кордон не собираюсь. Люблю советскую родину! И давай закроем эту тему, – Люся решила поставить точку на обсуждении щекотливого вопроса еврейской эмиграции на родину историческую.

Ещё чего не хватало: лежать на сохранении и нервы трепать себе и будущему ребёнку! Не дождёшься, Райка, любительница любви по-татарски.

Рая хотела что-то ещё сказать, открыла было рот, но Галя на неё свирепо взглянула и рявкнула:

– Помолчи, дура! Что ты понимаешь в жизни и что ты вообще видела, кроме обрезанного члена?

И Райка послушалась, больше не возникала. В больнице как в тюрьме: в каждой палате есть главный, негласно выбранный вожак стаи, которому все подчиняются. Этим вожаком была Галя. Кроме того, Райке не хотелось портить с Люсей отношения. Может, и перепадёт ей ещё помидоров, клубнички и апельсинового сока от Андреевых даров.

Холодильник, как и кондиционер, пациенткам был не положен. Вернее, имелся один холодильник на весь этаж, но туда никто хорошие продукты не клал: боялись, что украдут. В липкой жаре тумбочек соки и фрукты скоро портились и шли на выброс. Но вечно голодная нянечка, баба Нюра, подбирала объедки с тарелок, доедала мятые помидоры, допивала прокисший апельсиновый сок, а потом бежала (под хихиканье и улюлюканье пациенток) по коридору в уборную с криком и визгом:

– Ой, девки! Опять дерьмом накормили. Черти окаянные, проститутки! Чтоб вам не разродиться! Ой, не добегу, помру! Спаси, Господи!

– Беги, беги, обжора, жопа старая! Добро по дороге не растеряй! – неслось ей вдогонку без всякой злобы.

Продержали Люсю на сохранении четыре недели и выписали на пятом месяце беременности без всяких предписаний. Токсикоз к тому времени прошёл. Ребёночек в ней укоренился, освоился, и она удивлённо и радостно почувствовала его лёгкое, но настойчивое шевеление. Беременность перестала быть для неё болезнью. Люся чувствовала себя хорошо, и на душе у неё стало спокойно.

Регистрация брака и свадьба Андрея и Людмилы пришлась на конец июля. Они еле-еле уговорили работников загса ускорить этот знаменательный день, принимая во внимание быстро растущий живот невесты. Во Дворец бракосочетания, даже если бы они согласились ждать, пока Люся родит, и потом ещё полгода (очереди там были длиннющие) Люсю с Андреем всё равно бы не пустили, так как у Андрея это уже был не первый брак. (Много позже Люся узнала, что оказалась аж четвёртой женой, как в той восточной песне: «А четвёртая жена…». В общем, её любвеобильный муженёк был уже трижды «бракован».)

Накануне регистрации Люся со своим отцом, Григорием Ефимовичем, поехали выбирать для неё обручальное кольцо. Андрей ехать с ними отказался. Сказал, что обручальное кольцо у него уже было, он его потерял и больше на этот «пошлый символ брака» деньги тратить не будет. Обещал всё же взять напрокат кольцо у друга, только лишь для церемонии бракосочетания, чтобы всё «как у людей». Люся, само собой, расстроилась, расценивая этот вызывающий поступок Андрея как дурное предзнаменование. Но колесница жизни с Андреем уже покатилась, и остановить её на полном ходу было опасно, всё равно что спрыгнуть – и угодить под колёса или в кювет.

На самом деле, всё шло совсем не так, как у людей: Люсина внеплановая беременность, вынужденное решение оформить брак с подспудной идеей эмигрировать в Америку и теперь вот это обручальное кольцо напрокат. Конечно, ни длинного свадебного платья с фатой, ни белых туфель на шпильках ей надеть не пришлось. Она всплакнула, достала из шкафа лодочки на маленьком каблучке и розовый летний ансамбль: платье свободного покроя с пиджачком-размахайкой, который еле-еле сходился на её ещё не слишком выдающемся, но явно беременном животе. Приехал Андрей с букетом цветов. Они взяли обычное такси и отправились в загс Тимирязевского района. Ни высокой свадебной причёски в одном из лучших салонов Москвы, ни маникюра, ни макияжа, ни лимузина с воздушными шариками и куклой. Вымыла голову, сама уложила волосы феном, припудрила заплаканное лицо, подкрасила губы и ресницы – вот и вся подготовка к самому важному дню в жизни женщины.

Обстановка в районном загсе с полузасохшими фикусами в пыльных кадках по углам, потёртой плюшевой мебелью и толстой регистраторшей в старомодном кримпленовом платье, с причёской шестидесятых годов «вшивый домик» была отнюдь не торжественная. Тем не менее Андрея и Людмилу расписали, они обменялись кольцами (Андрей после церемонии своё кольцо тут же снял и положил в карман), поцеловались и стали называться мужем и женой. Люсе нравилась фамилия Андрея – Теплицкий, и она согласилась её принять.

Дома брачующихся ждали гости: в основном родственники и друзья родителей невесты – люди среднего и пожилого возраста. Стояло лето: Люсины подруги, бывшие одноклассницы и сокурсницы разъехалась из Москвы. У Андрея, оказывается, друзей вообще не водилось. Андрей был человеком-одиночкой. Даже тот единственный приятель, который давал им ключи от «хаты» и одолжил обручальное кольцо, приехать на свадьбу под каким-то предлогом не смог или, что более вероятно, не захотел. Из молодёжи были только свидетели регистрации (Люсина подруга и коллега по работе Настя с мужем Витей) и двоюродная сестра Маша.

Домработница тётя Надя и мать Андрея Инна Абрамовна приготовили богатый по тем пустынно-магазинным временам стол. (У Инны Абрамовны не было другого выхода. Андрей заставил.) Люсиному отцу, как ветерану войны, удалось получить из гастронома на Площади Восстания праздничный продовольственный заказ с копчёной рыбой, шпротами, колбасой сервелат, красной икрой и другими традиционными деликатесами, без которых российская свадьба не свадьба. Гости ели, пили, произносили тривиальные тосты, желали счастья молодым и кричали «горько». Люся с Андреем марионеточно вставали, как будто их дёргали за верёвочку, и послушно целовались. От Андрея едко пахло специями и вином. Люсю снова начало подташнивать, целоваться не хотелось.

Господи, неужели опять токсикоз? Токсикоз на свадьбе. Это даже не смешно. Плохая примета. Боюсь, что вся моя совместная жизнь с Андреем будет сплошным моральным токсикозом.

Она ничего не ела, только пила клюквенный морс и чай. Даже любимый торт «Наполеон», домашней выпечки тёти Нади, не попробовала. Надо было как-то дотянуть до конца свадьбы без рвоты.

Казалось бы, всё шло, как полагается по свадебным правилам, но почти без молодёжи и танцев празднество, несмотря на разнообразие и вкусности угощения, представляло собой зрелище довольно унылое.

Андрей и Маша сразу успели что-то не поделить (может, Люсю?), поспорили, перекинулись парой хлёстко-неприветливых реплик, в заключение которых Маша ехидно и чётко произнесла фразу, ставшую роковой:

– Знаешь, Андрей, мужья меняются, а сёстры остаются.

– Ну, это мы ещё посмотрим. Иногда случается, что сёстры разлучаются, – рифмованным вызовом на вызов ответил Андрей и сердито посмотрел на

Машку, которой он тут же определил место в стане своих врагов.

Люся слышала этот разговор и с грустью подумала:

А ведь они оба по-своему правы! Вот и предсказание на ближайшие годы. Теперь и к гадалке ходить не надо.

Глава 6

Зима – весна 1983 года

Андрей уехал. Люся с Сашкой оказались абсолютно одни не только в квартире, но и во всей Америке. Люсины родители и бабушка так и не приехали в Штаты, хотя у них были израильские визы. Как бабушка, так и Люсина мама Мария Александровна были серьёзно больны и не смогли бы пережить тяготы эмиграции. Григорий Ефимович решил, что им всем лучше остаться в Москве.

Шла война в Афганистане, которую вёл Советский Союз и которую Америка не только не одобряла, но и наложила на Союз продовольственное эмбарго как протест против этой войны. А это означало также, что евреев на зерно больше менять не будут. Отношения между США и Советским Союзом стали крайне напряжёнными. В итоге эмиграция в Израиль и в Америку через Австрию и Италию по израильским визам прекратилась. Советский Союз снова плотно задёрнул железный занавес, лишив малейшей лазейки тех, кто мечтал покинуть страну. До начала перестройки оставалось несколько лет.

После развода с Андреем чувство эйфории (наконец-то избавилась от корня зла и получила свободу решать свою и Сашкину судьбу) постепенно, по мере возникавших каждодневных и неожиданных проблем и забот, сменилось страхом.

А вдруг не справлюсь, вдруг снова заболею, стану инвалидом или даже умру. Вдруг во мне дремлет какая-то неизлечимая болезнь? Или может произойти несчастный случай? И что тогда будет с моим мальчиком? Его отдадут Андрею. Этого быть не должно, иначе зачем тогда все мои мучения, долготерпение и даже хитрости с разводом?

За время иммиграции Люсин характер переменился. Элементы иррациональности и непрактичности, которые когда-то так привлекали Игоря, не исчезли совсем, но всё чаще сменялись практицизмом и благоприобретённой особенностью склада ума, который по-английски называют street smart (сообразительный, трезво смотрящий на жизнь). Люся сумела перехитрить Андрея. Он не давал согласия на развод целый год, пока она не убедила его в том, что как разведённый безработный он получит хотя бы от штата Нью-Йорк маленькое, но всё же пособие по бедности (welfare) и талоны на питание (food stamps), а как её муж он не получит ни цента ни от штата, ни от бывшей жены. Андрей устал от безденежья и безнадёжных поисков постоянной работы, которая пришлась бы ему по вкусу и, хоть поверхностно, соответствовала его образованию. Осознав, что не может обеспечить в Америке ни семью, ни даже себя самого, он в конце концов сломался и согласился подписать нужные для развода бумаги. Профсоюз оплатил расходы Люсиного адвоката, все, кроме судебных издержек, которые обошлись ей лишь в сотню долларов.

Да здравствуют американские профсоюзы и демократия! Вот тебе и гнилой капитализм.

И потекли будни свободной женщины с ребёнком. Работа в библиотеке, учёба в колледже вечерами и по уикендам, домашние задания, подготовка к экзаменам, уборка квартиры, стирка, закупка продуктов, приготовление простейшего, но всё же обеда, а в перерывах между всеми этими рутинными делами – урывками осуществление самого главного дела – воспитания ребёнка.

Происходило это воспитание следующим образом. Утром Люся собирала и отправляла Сашку в подготовительный класс школы, из которой его в три часа забирала бэбиситтерша – милейшая и добрейшая киевлянка Тамара. Вечером – в шесть, а то и в семь или даже иногда в одиннадцать вечера (после колледжа) – Люся по дороге домой забегала к Тамаре за Сашкой. Кормила его и себя ужином, иногда проверяла домашнее задание (чаще не имела на это ни сил, ни времени), мыла ребёнка на ночь, укладывала спать и читала ему перед сном какую-нибудь английскую книжку. Сашка обожал фантастически бессмысленные (и чем абсурднее, тем более смешные) творения гениального Доктора Сьюза.

– Ну, что будем сегодня читать? – спрашивала Люся, держа в руке несколько принесённых из библиотеки популярных детских книжек, с надеждой, что ребёнок захочет услышать что-то новенькое. Но Сашка оказался в книгах однолюбом и каждый день в течение нескольких месяцев просил почитать «Green Eggs and Ham» («Зелёные яйца и ветчину»). Люся уже знала эти стишки наизусть, да и Сашка, наверное, тоже, но он всё же предпочитал в сотый раз слушать волшебный бред в мамином исполнении. Под Люсино бормотание гениально-абсурдного сочинения знаменитого Доктора Сьюза Сашка постепенно засыпал, каждый вечер перед погружением в мир сновидений повторяя:

– Mommy, tuck me in (Мамочка, подоткни мне одеяло). I love you (Я тебя люблю).

Когда Люся перед сном смотрела на себя в зеркало, её цвет лица казался зеленоватым. Неизвестно, от чего больше: от усталости, тусклого освещения одиноким маломощным плафоном в ванной (она экономила на электричестве) или от зелёных яиц с ветчиной. Но ради Сашкиного «мамочка, я тебя люблю» определённо стоило жить. Всё остальное было не важно, необязательно, незначительно и преходяще.

С бэбиситтером Тамарой им здорово повезло. Она забирала из школы и воспитывала свою внучку Танечку, Сашкину ровесницу, а заодно и Сашку. Тамара была женщиной шестидесяти лет, доброжелательной, интеллигентной, мягкого характера, спокойной и в то же время достаточно энергичной. Она не просто сидела с детьми на лавочке или дома, но охотно водила своих подопечных на прогулку в парк

и в бассейн, где и сама с удовольствием плавала, к
тому же кормила их настоящим мясным борщом, кот-
летами, сырниками и другой вкусной и сытной укра-
инской пищей. Сашеньку Тамара любила и говорила,
что он «аза кинд» (удивительный ребёнок – идиш).
Оставляя сына с Тамарой, Люся была абсолютно спокойна.

Однажды произошло непредвиденное. Люсе на
работу позвонила Тамарина невестка и сказала:

– Люся, ты только не волнуйся. Сашка поцарапал голову, и мы сейчас с ним в госпитале Брукдейл
в отделении неотложной помощи. Приезжай, пожалуйста!

– Как поцарапал голову? Где, чем? Что случилось? – всполошилась Люся.

– Ничего страшного не произошло. Он качался
на качелях, потом слез на землю, и качели ударили его
по голове. Но удар был несильный.

– Ничего себе поцарапал! Сашенька ударил голову! Какой ужас! У него, наверное, сотрясение мозга. Я немедленно выезжаю.

– Да нет у него никакого сотрясения мозга! Не
нервничай. Просто приезжай.

Люся побежала к заведующей и сказала, что с её
мальчиком произошёл несчастный случай и ей надо
срочно ехать в больницу. Коллега, библиотекарь Натали, предложила её подвезти. Они прыгнули в машину и помчались по улицам Бруклина. Как назло,
почти на всех перекрёстках зажигался красный свет.
Долго стояли на светофорах, и Натали, привыкшая к

бессветофорным шоссе Лонг-Айленда, ругала доро-ги большого города и повторяла, что никогда бы не смогла здесь жить. Люся молчала и только кивала го-ловой. Любовь к Сашке была самым главным, сумас-шедшим, неотступным, навязчивым чувством в её жизни, и она панически боялась потерять ребёнка.

Если у Сашки сотрясение мозга, я никогда себе этого не прощу. Мой бедный ребёнок! Бэбиситтеры – всего лишь бэбиситтеры! Недоглядела Тамара.

Когда Люся приехала в больницу, увидела Тама-ру с красными от слёз глазами и отнюдь не страдаю-щего, даже весёленького Сашку, которому надоело сидеть на месте, и он от нечего делать скакал в «пред-баннике» комнаты «неотложной помощи». Люся немедленно кинулась к нему, осмотрела его голову и обнаружила следы запёкшейся крови.

– Тебе не больно, малыш?

– Не очень. Сначала было больно, и я испугался и плакал, а сейчас нет. Потрогай мою шишку вот здесь, – с гордостью пострадавшего сказал ребёнок.

Люся потрогала Сашкину шишку и подула на неё, как когда-то мама дула на Люсины болячки, что-бы скорее зажили.

Сашке сбрили клок волос и наложили несколько швов. Успокоенные, они вернулись домой. Больше на качели Тамара его не пускала.

Глава 7

Лето 1977 – весна 1978 года

Через несколько месяцев после свадьбы Люся должна была родить. Отошли воды, и её сразу отвезли в ближайший, самый что ни есть рядовой роддом, относящийся к их микрорайону. Дежурный врач решил роды немедленно ускорить: вколол женщине какое-то лекарство, дал слабительное, и тут начался настоящий фильм ужасов.

Обстановка – как в психиатрической лечебнице, причём в буйном отделении. Для уменьшения боли от нарастающих схваток Люсе сунули в руки кислородную маску и сказали, чтобы она туда дышала. Люся усиленно дышала, но боль не утихала. Маска оказалась чисто символической – бескислородной. Нечто вроде плацебо. Боль становилась всё нестерпимее. В предродовой палате обезумевшие от схваток женщины орали, не помня себя. Люся подключилась к ним. Страсти разгорались, да их никто и не сдерживал. Одни женщины вспоминали маму ро́дную. Другие проклинали своих мужей, возлюбленных, да и весь род мужской, причём на ненормативные выражения отнюдь не скупились. Отводили, что называется, бунтующую душу. На что пожилые нянечки, выносившие горшки и судна, давно позабывшие о своих любовных утехах, бойко и злорадно реагировали: «Нечего давать было. Сами виноваты, бабы! А то ишь! Давалки подставляли, а как рожать, так ой мамочки! Терпите! Больно разорались». Третьи призывали мужей, возлюбленных и врачей на помощь. Но мужья и возлюбленные остались вне стен предродилки, а врачи и медсёстры не обращали на рожениц ни малейшего внимания: ну, орут и орут озверевшие от боли полуголые женщины. Ни сочувствия, ни сопереживания, ни помощи. Для советской предродилки – картина обычная. Какой там индивидуальный подход! Какие обезболивающие уколы, какая ещё эпидуральная анестезия! Это всё излишняя роскошь для изнеженных женщин капиталистических стран. Советская женщина сильна духом и телом. Она всё вынесет. Ну, поорёт часок-другой, так ведь сам Господь наказал рожать в муках. Сохранение человеческого достоинства рожениц не было предусмотрено морально-этическим кодексом роддома.

Для медперсонала всё это было в порядке вещей, но юные практиканты, которые сновали туда-сюда с ошалелым выражением лиц, хотя и были подготовлены теоретически, но никогда не видели рожающих женщин и не предполагали, что «такое» вообще возможно. Им было и страшно, и странно, и любопытно. Они что-то записывали в блокноты и хотели бы помочь роженицам, да не знали, как, какая помощь имеется и что дозволено. А роженицам было на этих молодых парней и девушек абсолютно наплевать. Они потеряли всякий стыд и человеческий облик, превратившись в рожающих самок млекопитающих. В общем, обстановка была ещё та. Через шесть часов кошмара Люся почувствовала в себе движение ребёнка к выходу на белый свет, закричала: кажется, рожаю! – и её наконец-то поволокли в родилку, где она благополучно произвела на свет мальчика.

Наступило чудесное, долгожданное облегчение и удовлетворение, и звериная боль как-то сразу забылась.

Вот почему женщины рожают по нескольку детей. Они помнят, что тогда, в прошлый раз, была сильная боль, но как-то забывают степень нечеловеческих мучений, через которые прошли.

Умиротворённая Люся лежала на послеродовой каталке под тонкой простынёй, без одеяла, среди других таких же счастливых, отмучившихся молодых мамаш. Она дрожала от холода и улыбалась. Так Люся на собственном опыте поняла, что такое расплата за первородный грех. Познала родовые муки и блаженное счастье после разрешения от бремени.

Зашивали Люсю без наркоза. Ещё одно варварство «самой человечной» советской медицины! Но Люся даже не пикнула. По сравнению с родами, наложение швов было сущим пустяком. Будто комарики кусали. Врачиха лет сорока зашивала Люсю и хихикала, слушая анекдоты, которые ей в это время рассказывал молоденький симпатичный ассистент. Мужчина явно кадрился к врачихе. А Люся беспомощно лежала на столе «женскими прелестями» наружу и думала:

Ну и чёрт с вами! Веселитесь, сволочи! Вам нет до моего человеческого достоинства никакого дела! Ну и мне на вас наплевать. Лишь бы вы меня хорошо зашили.

Всей семьёй думали, гадали, какое имя дать ребёнку. Когда Люсе его принесли, она поразилась, насколько мальчик был похож на Андрея, и сразу назвала его про себя «маленький Теплицкий». Перепутать их ребёнка с другими было никак невозможно. У него были, как у Андрея, зелёные глаза, небольшие уши с чуть заострёнными вверху раковинами и характерное, слегка удлинённое расстояние между носом и ртом. От Люси ребёнок унаследовал разве что высокий лоб и пухлые губы, а в остальном – Андрей в миниатюре.

После долгих споров родители всё же остановились на обычном имени Александр (в честь Люсиного деда по материнской линии), принимая также во внимание мировую распространённость и интернациональное звучание этого красивого имени. В России – Саша, в Америке станет Алексом.

Через неделю после родов Люся, Сашка и Андрей поселились в квартире Люсиных родителей. Люся предпочла всё же жить со своими, чем со свекровью, хотя двухкомнатная квартира свекрови была в центре города, а Люсина – на окраине, в рабочей слободе, которая ещё совсем недавно была пригородом и называлась «Сады».

Сашка родился не только хорошеньким, но и на удивление осмысленным. Когда к ним домой пришла районная врач педиатр проведать молодую маму с ребёнком, взглянув на восьмидневного мальчика, она всплеснула руками и восторженно умилённо воскликнула:

— Ой! Да какие же мы осмысленные, красивые, зеленоглазенькие! — и, посмотрев на Люсю (та была в домашнем халатике в цветочек, волосы завязаны хвостиком, никакой косметики, маленькая, худенькая, на вид лет шестнадцати), строго спросила: — Ты кто, нянька?

— Нет! — возмутилась Люся.

— Понятно! Старшая сестрёнка, значит. Какая безответственность! С кем восьмидневного младенца оставили! Таких родителей надо привлекать... А в доме есть кто-нибудь взрослый? — продолжала гневно вопрошать врачиха.

— Я и есть взрослая, я — мать ребёнка, — с гордостью ответила та.

— Ну, ну! Школу-то закончить успела, мамаша? Рожают тут в пятнадцать лет. Совсем стыд потеряли! Взро-ослая она! — протянула гласную «о» врачиха и встала руки в боки.

— Не только школу, но и МГУ. И вообще, я преподаватель английского языка, и мне двадцать семь лет, уже пошёл двадцать восьмой год.

— Да? Ну ладно, проехали! Преподаватель она, — всё ещё недоверчиво хмыкнула врачиха. — Давай, разворачивай своего малыша. Теперь я тебе преподавать буду, как надо с ним обращаться. Смотрю, пеленального столика у тебя нет. Будем использовать письменный. Раскладывай одеяльце, – врачиха положила Сашку на письменный стол и развернула пелёнки. – А ты молодец, молодая мамаша! Малыш чистенький, ухоженный. Сосёт хорошо? – врачиха подобрела.

– Да, аппетит у него отменный. Не знаю, хватит ли у меня молока.

– А ты пей чай со сгущёнкой и сцеживай. Пей и сцеживай.

Люся так и делала целый день и полночи и чувствовала себя хорошо отлаженным механизмом по производству молока.

Первые две ночи Сашка ревел, почти не умолкая. Он засыпал на час и просыпался с громким плачем, мокрый и обделанный. Люся тащила его в ванную, обмывала, мазала маслом, присыпала присыпкой, меняла подгузники, перепелёнывала, кормила грудью, поила водичкой и укачивала. Он снова засыпал на час-полтора и опять просыпался мокрый, с таким же оглушительным рёвом. Люся в который раз вставала, и всё повторялось в той же последовательности. Андрей, естественно, не спал. Первую ночь он скрипел зубами, но не говорил ни слова. На вторую бессонную ночь его терпения не хватило, и он высказался:

– Почему твой ребёнок не спит и орёт? Он что, ненормальный?

– Во-первых, это наш ребёнок. Во-вторых, у Сашки период акклиматизации, неужели ты как врач этого не понимаешь? В-третьих, грудные дети вообще часто плачут. Такое свойство их организма, папочка.

Как он переменился после рождения Сашки! Вместо помощи и поддержки – несдержанность, грубость, хамство. Неужели это его сущность вылезает наружу?

– Не понимаю и не хочу понимать! Хочу выспаться, бля, – буркнул он.

– А ты, оказывается, матом ругаешься, интеллигент с Садово-Каретной! Мама – учительница русского языка и литературы. Ты от неё набрался мата?

– Не, Люсь! Не сердись и не иронизируй. Это я так, случайно вырвалось.

– Надеюсь, что случайно. Очень надеюсь! Если ты не понимаешь, что у Сашки процесс акклиматизации, значит, ты сам ненормальный, – отрезала Люся.

Андрей замолчал. Он испугался, что сказал уже слишком много и это может привести к серьёзной ссоре, даже к разрыву. Нервы супругов были на пределе. Разрыва пока никто не хотел.

Постепенно Сашка привык к новой обстановке и стал спать по ночам. Где-то в половине двенадцатого Люся его кормила перед сном, в двенадцать ночи он засыпал и до пяти утра не подавал голоса. И она отдыхала вместе с ним, а иногда и рядом с ним. Брала его к себе на диван, такого сладкого, тёплого, родного, совсем-совсем её. Притуливалась бок о бок к своему новорождённому сокровищу и, счастливая, как только может быть счастливой молодая мать, забывалась в блаженной дрёме. Сашка вроде бы уже родился на свет, отделился от матери, но они продолжали существовать как единое целое, связанные материнским молоком и невидимыми божественными нитями.

С работы Люсю просто уволили, ведь она была всего лишь почасовиком, и декретный отпуск ей не полагался. У неё не было ни денег, ни прав и только одна обязанность – нянчить Сашку. Григорий Ефимович закупал продукты, тётя Надя готовила обеды и убирала квартиру, бедная Люсина мама, пятидесяти двух лет, заболела глаукомой и легла в больницу на операцию. Во время подготовки к операции выяснилось, что помочь уже ничем нельзя, так как глазной нерв был мёртв. Мария Александровна ослепла на один глаз, да и второй глаз тоже плохо видел.

Андрей успокоился, свыкся с ролью отца и даже стал немного помогать по хозяйству: иногда ездил на рынок, иногда гулял с ребёнком. Кроме того, Андрей и свекровь начали оформлять документы на выезд в Америку. Израильский вызов был получен на всю семью, включая Люсиных родителей и бабушку, но потом Григорий Ефимович понял, что ни Мария Александровна, ни бабушка не перенесут эмиграции, и решил, что они все трое останутся в Союзе. Люся была настолько глубоко погружена в материнство, что ничего, кроме любви к Сашке и страха за его здоровье и жизнь, не испытывала. Эмоционально закрыта и глуха к окружающему миру, она не в силах была осознать всю трагедию расставания с родителями навсегда. На Андрея она тоже мало обращала внимания, а ему нужна была добрая, ласковая и охочая до секса жена.

Какой там секс! Сексуальная сторона жизни напрочь перестала интересовать Люсю. Она читала и слышала, что для кормящих матерей это нормально (даже млекопитающие животные в период кормления детёнышей не совокупляются). Андрей же, несмотря на своё медицинское образование, считал по-другому.

Люся вставала в пять утра, кое-как умывалась, напяливала ситцевый халат, завязывала волосы в хвостик и, сонная, расхристанная, принималась за каждодневную стирку и глажку Сашкиных подгузников, распашонок и пелёнок. Она почему-то всё время натыкалась на утюг, и её руки были в красных пятнах от ожогов. От Люси пахло сцеженным молоком и материнством. Оказывается, такая, казалось бы, асексуальная она почему-то привлекала Андрея ещё больше, и он не оставлял её в покое.

— Ну, прошу тебя, не трогай меня! Я измучена и хочу спать. У меня нет ни сил, ни желания… заниматься любовью. Дай мне время очухаться и снова почувствовать себя женщиной, — бормотала Люся сквозь сон.

— Для меня ты ещё больше женщина, чем прежде, — подкатывался к жене Андрей, и начинались интимные ласки. Когда были силы, она уступала его желанию и отдавала своё безразличное, деревянное тело в распоряжение мужа. Ему такая односторонняя любовь не нравилась, он ворчал, но всё же пользовался женой для утоления сексуального голода. А когда она отказывала ему, начинался скандал в постели, по всем правилам вульгарных семейных разборок с взаимными оскорблениями, но пока без рукоприкладства. И из Андрея, который при знакомстве производил впечатление интеллигента, вылезало на поверхность обычное совковое хамство.

— Ты вечно устала. А мне что делать? Узлом завязать?

— Начинается… Примитивная сексуальная неудовлетворённость. Завязывай хоть морским, мне всё равно. Вспомни отрочество и займись онанизмом… или спортом, бегай по утрам, купи гантели. Если не помогает, бейся головой об стенку… — отвечала ему в тон Люся и, чтобы прекратить всю эту мерзкую перепалку, немедленно забирала свою подушку, одеяло и устраивалась на ночлег в кухне на раскладушке.

— Я не для того женился, чтобы ходить к Дуньке Кулаковой… Ну и катись на кухню, кормящая мать! Корова! — злобно неслось вдогонку.

Несмотря на усталость, она долго не могла уснуть от возбуждения и злости на Андрея да и на себя за то, что не умела быть счастливой. Прокручивала в голове плёнку знакомства с Андреем, скороспелой женитьбы, анализировала свои чувства и отношение к мужу.

Не любила она его, вот что, с самого начала не любила. В голове звучали прощальные провидческие слова Игоря: «Выходи замуж за этого доктора. А ты его полюбить сможешь?» И чем дольше они с Андреем жили вместе, тем острее Люся чувствовала свою нелюбовь к нему. После очередной ссоры и примирения она успокаивала себя поговоркой «стерпится – слюбится».

Люся терпела, время шло, документы на отъезд были поданы в ОВИР. Наступил период ожидания. Сашка подрастал. Любовь к мужу не приходила. Не стерпелось, не слюбилось. Люсю теперь раздражало в нём всё: громкий голос, самоуверенность, хвастовство, болтливость и даже чересчур короткая стрижка, из-за которой его лицо стало щекастым и блинно-круглым. (Люся вспомнила, что Анну Каренину, когда она полюбила Вронского, стали раздражать уши мужа.) Она не могла смотреть на то, как он быстро ест, часто прямо из кастрюли или из сковородки, чавкает, гусинообразно заглатывает куски и роняет крошки на пол.

Бескультурье! Ну и мамаша! Тоже мне – учительница литературы! Не смогла сыночка воспитать. Неряха. Животное. Господи! За кого я вышла замуж? Как же я раньше этого всего не замечала? Бес попутал… А может, Андрей раньше маскировался под эстета и интеллигента, а потом просто сбросил маску за ненадобностью? Ну, конечно, меня же теперь завоёвывать не надо. Его женщина, его сын. Он – хозяин наших судеб. Ну, это мы ещё посмотрим.

Люсины родители всё это видели, понимали, но тактично молчали, предоставляя ходу дальнейших событий решить, быть этому браку или не быть.

Денег своих у молодожёнов не было. Люсю с Сашкой содержали её родители, Андрея – его мать. Люсе было безумно стыдно за такое своё иждивенческое положение. Она умоляла Андрея устроиться хоть на какую-нибудь временную работу. В конце концов его тётя, какая-то шишка в Минздраве, устроила племянника по большому блату в районную поликлинику помощником врача, в кабинет доврачебного осмотра. Место, прямо сказать, не почётное, зато приносящее хоть какой-то заработок. Люся немного успокоилась, но не надолго.

Пришёл как-то к Андрею на приём весьма нервный пациент с обычной простудой. Андрей измерил ему давление, температуру, выслушал жалобы, всё записал в историю болезни. Пациент не понял, что это всего лишь доврачебный приём и что ему придётся ещё в длинной очереди дожидаться доктора. Этот нюанс ему совсем не понравился, он ещё больше занервничал и спросил Андрея без церемоний:

– А ты кто? Не доктор, что ли? Так для чего ты тут сидишь?

– Во-первых, вы мне не тыкайте. Во-вторых, я не просто тут сижу, а помогаю врачам обслужить пациентов быстрее и более эффективно, – сдержанно сказал Андрей.

– Ни хрена ты не помогаешь. Я на тебя столько времени потратил, а ты даже не можешь мне рецепт выписать и больничный. Пустое место!

– Перестаньте выражаться и немедленно покиньте мой кабинет, – повысил голос Андрей.

– Ты мне не указ. Ты – даже не доктор, оказывается. Так, ноль без палочки. Х-й без яиц. Сидишь тут – только штаны протираешь и зарплату получаешь! – продолжал распаляться возмущённый пациент.

Подобного оскорбления Андрей стерпеть не смог. Тут на него накатило. Вместо того чтобы смолчать или позвать охранника, Андрей рявкнул:

– Это я – ноль без палочки? Я – х-й без яиц? Да как ты смеешь? Да я тебя, сволочь такая, сейчас по стенке размажу!

Он схватил пациента за шиворот, хорошенько встряхнул и выволок в коридор. Да ещё поддал ему коленом под зад. Пациент стал сопротивляться и орать, что его избивают. Сбежался медперсонал. Разбушевавшемуся пациенту связали руки и вкололи транквилизатор, а Андрея вызвали на ковёр к заведующей поликлиникой. Там ему объяснили, что он неадекватен, непрофессионален и абсолютно непригоден для работы с больными. Ну и, само собой, уволили тут же на месте без выходного пособия и даже за отпуск не заплатили. Так семья Теплицких осталась без всякого заработка, и они снова полностью сели на иждивение Люсиных родителей и Инны Абрамовны.

Дома Андрей бесновался, рвал и метал, обвиняя всех и вся в своих неприятностях.

– Они каким-то образом узнали, что мы собираемся эмигрировать, и нарочно мне подсунули этого психа-пациента. Гады, сволочи, антисемиты! Они предположили, какой будет моя реакция, и всё это подстроили, – гремел Андрей.

– Скажи спасибо, что не вызвали милицию и не упекли тебя на пятнадцать суток за хулиганство, – пыталась Люся довольно своеобразно успокоить Андрея.

– Это меня-то за хулиганство? А почему не того психа-пациента? Ведь он же первым начал меня оскорблять.

– Господи! Как же ты не понимаешь? Да потому что ты врач, а он пациент. Твоя роль – оказать помощь больному, успокоить его, а не вышвыривать в коридор.

– Этому пациенту место в психушке. Я – терапевт, а не психиатр. И ты туда же. Ты с ними заодно. Я думал, что хоть жена меня поймёт и поддержит. Никто меня здесь не понимает. Заговор какой-то. Скорей бы мы уже уехали в Америку.

Андрей никак не мог успокоиться и курил одну сигарету за другой.

Люся больше реплик не подавала, решила не накалять обстановку. Она почему-то была уверена, что *никто ничего Андрею не подстраивал, просто он не умеет работать с людьми, не в состоянии сдерживать свои эмоции и ответную реакцию, а значит, действительно неадекватен и непрофессионален.*

Они жили с Андреем уже не один месяц и постоянно ссорились. Чем лучше Люся узнавала его характер, тем грустнее становилась. Люся чувствовала, что это только начало и в будущем её ожидает много проблем.

Домработница тётя Надя, простая деревенская женщина шестидесяти восьми лет, была свидетельницей их постоянных ссор. Она долго молчала, но один раз всё же не выдержала, высказалась, продемонстрировав истинно народную прямоту и мудрость:

– Ребята! Так нельзя. Если любите друг друга, не ссорьтесь и живитя, как люди. А коль не можете не ссориться – не живитя и разводитесь. Сашенька маленький всё слышит и понимает, нервным вырастет мальчиком. А что в Америку собрались, так хуже, чем здесь, вам нигде не будет. Так что… с Богом! Только в Америку надо ехать дружной семьёй.

Люся обнимала тётю Надю, плакала, смахивала слёзы и находила утешение в маленьком Сашке. Целовала его крохотные пальчики, головку с мягким пухом светлых волос, умилялась и приговаривала: «Радость моя единственная, счастье моё! Я всё для тебя сделаю».

Глава 8

Весна 1983 года

Будни разведёнки с ребёнком, которая работает тридцать пять, а иногда и того больше часов в неделю, да ещё и учится в колледже вечерами и по уикендам, некрасочны и однообразны. Сашка был прав и по-детски мудр, предрекая неизбежное появление бойфрендов в жизни своей мамы.

Стоял 1983 год. Интернета в то время ещё и в помине не было, и знакомства одиноких сердец происходили либо случайно (что само по себе являлось большой редкостью), либо через близких подруг и приятельниц, которые изо всех сил старались принять активное участие в Люсиной судьбе, либо через брачные агентства и обычных свах. Последние, прежде чем представить Люсе подходящего по интеллектуальным, внешним, возрастным и другим параметрам кандидата, сначала пытались всучить клиентке «бросовый товар», а потом уж... того, кто мог бы соответствовать её требованиям.

Один такой, «не соответствующий» – ни уму, ни сердцу – русско-еврейский ковбой приехал в джинсах и огромной шляпе из Техаса в Нью-Йорк покорять сердца местных иммигранток. Люсе пришлось просидеть с ним в кафе недалеко от работы аж целый час и, не слишком откровенно зевая, из вежливости выслушать его туманную историю про ранчо, коров и лошадей, которых пришлось продать. Зато теперь есть большие деньги и гигантские планы на жизнь. Слава богу, перерыв на ланч закончился, и она, помахав незадачливому искателю приключений ручкой, улизнула на работу. Техасец оказался понятливым и больше не звонил. Зато Люся позвонила свахе, объяснила ситуацию и настоятельно попросила вычеркнуть её имя из базы данных, которая в те докомпьютерные времена представляла собой обычный гроссбух.

– Ну и пожалуйста! Ну и вычеркну! Ой, какие мы гордые! Думаешь, сама найдёшь лучше? – обиделась сваха. – Да, и депозит я тебе не верну: время на тебя потратила, а время – оно деньги.

– Ну и бог с ним, с этим депозитом. Невелика потеря. Уверена, что прекрасно обойдусь без вашей помощи! Таких, как этот тип из Техаса, уж точно подбирать не собираюсь, – ответила Люся. Это была первая и последняя сваха в её жизни. К свахам она решила больше не обращаться, даже если будет прозябать на ниве любви.

Пожалуй, наиболее действенным и приемлемым для Люси был ещё один способ знакомства через личные объявления в газете. Сама она личных объявлений не давала, так как неловко было выставлять себя на брачный рынок, да и стеснялась она, не хотела, чтобы её «вычислили» знакомые или соседи. Мешала российская ментальность закрытости и некоторой зависимости от общественного мнения:

А «что скажет, хоть и не княгиня, Марья Алексевна?»

Люся еженедельно просматривала «мужские» объявления под рубрикой «Он» и иногда отвечала на некоторые приглянувшиеся ей призывы.

Так у Люси завязалась переписка с бывшим москвичом, проживавшим в Канаде. Как и Люся, он родился в центре столицы, на Малой Бронной. Ностальгические воспоминания о детстве и прогулках здоль Патриарших прудов сближали. Люся и «канадский москвич, или московский канадец» вроде бы даже учились в одной школе. Только он – на пять лет старше. У него было высшее советское инженерное образование, а в Канаде он работал дальнобойщиком: водил грузовики с восточного побережья на западное и обратно. Зарабатывал очень даже неплохо, на судьбу не жаловался, понимая, что при безработице в стране ему, иммигранту, ещё крупно повезло. Письма писал вполне грамотно и даже весьма образно описывал канадскую природу вдоль дорог, которые бороздил. Хотел встречи только с еврейской женщиной из Москвы или Ленинграда, так как, по его словам, «печать местечкового еврейства – страшное дело».

У него были завышенные требования не только к городу, из которого приехала его будущая подруга, но также и к самой внешности этой женщины, ибо после получения аж самой лучшей Люсиной фотографии (она специально для потенциальных знакомств сфотографировалась у профессионального фотографа, потратила деньги) он на её письмо не ответил и совсем даже невежливо для «избранного» московского еврея поступил, не вернув снимок, который она могла бы использовать в будущем.

Возможно, Люся просто была женщиной не в его вкусе. Так, по крайней мере, она себя успокаивала. А своей фотографии в процессе переписки он так и не прислал. Без его внешних данных Люся не могла сделать объективный вывод, какого ценного кадра потеряла. Смахнув слезинку с души, она порвала его письма и выбросила в мусор, чтобы не захламлять квартиру.

Следующим пен-френдом снова был канадец. Что-то везло ей на канадцев. Умели они составлять притягательные объявления. Видимо, в Канаду из Италии утекли лучшие русско-еврейские кадры. Переписка со вторым канадцем, которого звали Владимир, была совсем короткой. Люся ответила на его объявление, и он тут же вдогонку прислал ей письмо, что едет в командировку на машине на юг Штатов через Нью-Йорк, и предложил на обратном пути встретиться.

Всё произошло стремительно. Дело было в субботу, ближе к вечеру. Он позвонил ей из телефона-автомата (мобильников тогда, как и Интернета, не было), сказал, что припарковал машину на соседней улице и ждёт Люсиных дальнейших распоряжений.

Люся сидела дома с Сашкой. С бэбиситтером ей договориться не удалось. Что было делать? Уж больно хотелось Люсе взглянуть на второго канадца. Ну, она, не долго думая, пригласила Владимира к себе на чашку чая. Рисковая была женщина! Женское одиночество – как голод – не тётка.

Владимир оказался весьма привлекательным интеллигентным мужчиной лет тридцати пяти – сорока. Одет был по-дорожному в джинсы, но при пиджаке – на всякий случай. По разговору и внешним данным они друг друга внутренне одобрили. От чая Владимир отказался и, увидев малолетнего Сашку, весьма благородно предложил пойти втроём в какой-нибудь хороший ресторанчик поужинать. (Шестилетний мальчик – не помеха.)

Люся приоделась в своё лучшее платье, привезённое ещё из Москвы, навела неброский марафет на лице и наскоро уложила волосы феном. Напялила на Сашку выходной свитер и джинсики, и они отправились в ближайший русский ресторан «Европейский». На счастье, там никто не отмечал ни свадьбу, ни бар-мицву, и, хоть народу и было полно, один столик всё же оказался свободным. Владимир и при выборе блюд не подкачал: на цены не смотрел, заказал всё, что было угодно, себе, даме и мальчику.

Играла музыка, певица и певец, сменяя друг друга, исполняли что-то негромкое, ненавязчиво лирическое. Отдельные парочки танцевали. Сашка уплетал вкусности и не обращал на маму и Владимира никакого внимания. Или делал вид, что занят едой, а остальное – дела взрослых. У него, правда, были к маме вопросы типа:

Кто такой этот дядя Володя, откуда он взялся, он будет твоим бойфрендом? Когда ты прогнала папу, ты же говорила, что не будешь заводить бойфрендов. Обманывала меня... Я так и знал, что этим кончится.

Но мальчик решил эти важные вопросы приберечь на более подходящее время и не портить ни себе, ни остальным аппетит. В ресторане он был впервые, и обстановка и еда ему определённо нравились. Разумный был ребёнок.

Люся огляделась вокруг и заметила за одним из столиков Сашкину бэбиситтершу Тамару со всем семейством: мужем, сыном, снохой, сватами и внучками. Так вот почему она сказала, что будет занята вечером и не сможет посидеть с ребёнком. Они, видимо, отмечали какое-то событие. Тамара помахала Люсе рукой и «понимающе заговорщически» улыбнулась.

Мол, какой с вами симпатичный мужчина, Люся! Одобряю, одобряю! Желаю счастья!

Люся помахала ей в ответ и тоже улыбнулась.

Да, вот и на моей улице сегодня праздник. Не всё же одной сидеть дома за учебниками.

За вкусной пищей, вином и приятной ресторанной расслабляющей обстановкой химия (с Люсиной стороны) дала ярко положительную реакцию. Ей импонировал этот незнакомый харизматичный, спокойный мужчина. Хотелось ему понравиться, задержать его подольше в Бруклине и потом в пен-френдах, о многом его расспросить, насколько позволяли воспитание и этикет. Люся боялась чего-то не узнать и упустить, также боялась показаться навязчивой, в ответ ненароком узнать слишком много и потом пожалеть о своём любопытстве.

— Откуда вы едете, Володя, если не секрет, конечно?

— Я возвращаюсь из Северной Каролины, ездил по заданию нашей фирмы. Мы будем там строить объект. Впрочем, это вам совсем неинтересно, — добавил он с улыбкой, давая понять, что надо сменить предмет разговора.

Ну, раз тема работы отпала (*секретный объект, что ли*), надо было срочно зондировать более важную для знакомства тему – личную, что Люся и сделала незамедлительно:

— Извините меня, Володя, за прямоту. Я – в разводе, а вы? Из письма не было ясно.

— А я – что называется separated (отдельное проживание).

— Это очень общее понятие. Не хотите раскрыть подробнее? Вы же со мной знакомиться приехали… Я – как на ладони. Живу одна в квартире с сынишкой, который сейчас сидит с нами за столом и наворачивает за обе щеки. А вы туману наводите. Ну же, смелее! Честно – карты на стол.

— Ну, карты на стол, так на стол… Ситуация самая обычная. Мы с женой, в связи с некими причинами, о которых я не буду рассказывать, так как они чисто личного свойства и к нашему знакомству не

имеют отношения, разъехались. Я оставил ей и доч-
ке дом в пригороде Торонто и всё, что в доме, и снял
квартиру недалеко от них и близко от работы. Про-
живаем отдельно уже полгода и пока не решили, что
делать дальше. Всё думаем. Вот такие пироги… Не
знаю, что ещё о себе рассказывать. Давайте лучше потанцуем. Вы любите танцевать?

*Скрытный какой. Ничего не хочет рассказывать.
Ни о работе, ни о семье. Что поделаешь! Может, потом раскроется. А пока будем танцевать. Не помню,
когда я в последний раз танцевала… Кажется, с Игорем в тот прощальный вечер, когда мы сидели в кафе и
выясняли отношения, а за окном шёл мокрый снег. (Уж
точно не с Андреем. С Андреем даже на свадьбе танцевать не пришлось. Мешал беременный живот. Да и
музыки, кажется, не заводили.) Только ни к чему мне
сейчас эти воспоминания. Игорь и Андрей – глубоко в
прошлом.*

Люся сказала «да» и с готовностью встала из-за
стола.

Музыканты заиграли рок, и Люся решила «трях-
нуть стариной». Володя оказался неплохим танцо-
ром, он кидал, вертел и ловко подхватывал Люсю.
Сидящие за столиками в зале одобрительно кивали и
улыбались. Эта парочка неплохо смотрелась в танце.
Когда Володя подхватывал Люсю и прижимал к себе,
его прикосновения были ей приятны. Полупогашен-
ный свет и крутящаяся люстра, отбрасывающая на
танцующих разноцветные блики, создавали атмосфе-
ру волшебной таинственности.

Как давно я не была в ресторане, в кино, в театре! Я веду затворническую жизнь. Совсем зачахла среди книг и рутинных дел. Ещё немного сиденья дома – и разучилась бы не только танцевать, но и любить. Какой удивительный сюрприз приготовила мне сегодня судьба! Будет ли продолжение?

Люсе хотелось уцепиться за Володю, продлить этот вечер. Впервые после развода с Андреем она поняла, что *одной свободы мало, надо время от времени наполнять эту свободу радостными событиями, раскрашивать уныло-серое полотно существования яркими красками. Иначе можно захиреть, засохнуть, превратиться в ворчливую, нудную мать-одиночку или просто сойти с ума и завыть от тоски.*

После ресторана они поехали к Люсе домой. Часы пробили двенадцать, и, как в сказке «Золушка», волшебство окончилось. Правда, Володина машина не превратилась в тыкву, и Люся не потеряла лакированную туфельку на высоком каблуке, но почему-то вдруг остро почувствовала единственность и обречённость этой встречи, быстротечность и эфемерность нового знакомства.

Наверное, для меня ещё не наступило время надёжности и постоянства, – уныло подумала она.

Люся уложила Сашку спать. Они с Володей сидели молча на диване, в растерянности не смотрели друг на друга. Люся ждала, она всё же надеялась, что он скажет нечто, хоть и банальное, но приятное для женского уха, типа: «Ты мне нравишься, Люся. Приезжайте с Сашкой ко мне в гости в Канаду. Продолжим знакомство».

И она бы растаяла. Но Володя молчал, осторожно развернул женщину к себе и ласково посмотрел на неё. И взгляд его говорил: мы же взрослые люди, давай логически приятно завершим этот вечер в постели. Потом он взял Люсину руку, поцеловал, и дело бы тривиально закончилось сексом, если бы не Люсин внезапный бунт против обыденности и реакция самосохранения. Стремление оградить от расхищения с таким трудом накопленный и обретённый душевный покой. Обычное женское упрямство или предвидение?

– Давай не будем портить нашу встречу тем, что называют «переспать». Не хочу быть one night stand (женщина на одну ночь)! Ты ведь завтра уедешь, и мы, наверное, больше никогда не увидимся. Ведь так? Только не лги!

– Не знаю. Возможно… Всё зависит от обстоятельств.

– Не возможно, а точно, и ты это прекрасно знаешь.

– Я ничего не знаю. Хотя… допустим…

– Допуск здесь равняется девяноста девяти процентам.

– Откуда такая ясновидящая бухгалтерия?

– Жизненный опыт и интуиция.

– Ты мне нравишься, Люся. И не только внешне. В тебе редкое сочетание женственности и стойкости, независимости.

– Ты мне тоже нравишься, Володя, даже слишком – для первого дня знакомства. Но это ничего не меняет в наших обстоятельствах. Утром ты уедешь в свою

Канаду, помиришься с женой или найдёшь себе женщину ближе территориально и забудешь обо мне. А я буду вспоминать тебя, и мне будет обидно и горько. У меня в жизни было слишком много боли и потерь. Не хочу больше разочарований! Не обижайся.

– Я не обижаюсь. Прошу тебя, не отталкивай меня. Может, всё будет совсем не так …

– Всё будет именно так. Торонто и Нью-Йорк слишком далеки друг от друга. Я не тебя отталкиваю, а себя.

– Если ты всё знала заранее, зачем согласилась со мной встретиться?

– Ничего я заранее не знала. Просто сейчас почувствовала, что мы больше не увидимся.

– А я этого не чувствую. Зря ты так, Люся! – Владимир подошёл к окну. Достал сигарету. Закурил. Они помолчали.

– Где у тебя пепельница?

– А вот возьми эту – сиреневую, из чешского стекла.

– Эта пепельница декоративная, слишком изысканная для окурков. У тебя что-нибудь попроще есть? Старая треснувшая тарелка, пустая консервная банка, наконец?

– Я не держу в доме отбитых тарелок. Моя жизнь и без того дала немало трещин. Пустых консервных банок, ненужных вещей и вообще всякого хлама тем более не держу. Чем меньше хлама, тем больше места для чего-то нового. Используй эту пепельницу по назначению. Я разрешаю. У меня не музей!

– Не музей, говоришь. Да ты сама – редкий экспонат. Такая притягательная и недосягаемая, как под стеклом. Полюбоваться, уйти и… вспоминать.

– Это я-то под стеклом! У тебя слишком развито образное мышление. Хотя ты в чём-то прав: под стеклом как-то безопаснее. Никто не будет трогать почём зря.

– Да что же ты пуганая такая, жизни боишься? Мы нравимся друг другу. И… нам будет хорошо вместе. Я уверен! Потом жалеть будешь…

– Нравиться – ещё не повод, чтобы вот так сходу переспать. Может, и буду потом жалеть. Только лучше жалеть, чем плакать. Впрочем, если жалеть – всё равно плакать.

– Ну, как знаешь. Может быть, ты и права. Под стеклом безопаснее.

Володя пожал плечами и улыбнулся несколько растерянной улыбкой. Такого поворота событий он не ожидал.

Странная какая эта Люся. Не умеет жить мгновением. А жаль! Притягательная женщина. Но что я могу ей обещать? Сегодняшнюю ночь? Да! А потом… переписку и редкие встречи? Даже этого обещать не могу, а врать не хочу.

Они ещё немного посидели в гостиной, поговорили о Москве, втайне надеясь, что какая-то высшая сила по-другому разрешит сложившуюся ситуацию и выведет их из тупика. Но ничего не произошло.

Высшая сила, видимо, была занята более важными делами, чем романтическое завершение обычной встречи мужчины и женщины. Пусть себе! Сходили в ресторан, поразвлеклись, поговорили, помечтали... и будет! Теперь пусть уходят каждый в свою жизнь.

Люся резко поднялась, постелила Володе в гостиной на диване и ушла к себе в спальню.

Уснула она только под утро. Думала, сомневалась, правильно ли поступила. Включила настольную лампу, осветившую голые стены спальни. И от этой обнажённой аскетической пустоты ей стало ещё более грустно и одиноко.

Надо бы как-то стены украсить для поднятия настроения. Не спальня, а монашеская келья.

Проснулась поздно. Володи не было. Он просто ушёл и захлопнул дверь, не дождавшись Люсиного пробуждения. На столе лежала коротенькая записка, написанная чётким почерком уверенного в себе человека, без завитушек и закидонов: «Спасибо за встречу, Люся! Прости, уехал, не простившись лично. Очень спешу. Ты замечательная, и Сашка твой – чудо! Не знаю, как всё сложится. Я напишу тебе или позвоню. Хочу, чтобы мы снова встретились. Обязательно!»

Постель была не смята. Володя, наверное, вовсе не спал. В сиреневой пепельнице из чешского стекла было полно окурков. Люся вздохнула, высыпала окурки в мусор, вымыла злополучную пепельницу и всплакнула. Она и жалела, что не вкусила Володиной любви, и плакала оттого, что он так вот, не простившись, уехал.

Опять эта роковая пепельница. Лучше бы я её тогда расколотила! Она мне одни несчастья приносит! – совсем уже нелогично рассудила Люся.

Проще всего было обвинить пепельницу. Но всё же Люся её не разбила. Отходчивая была женщина. Одумалась, вытряхнула окурки, вымыла, вытерла и аккуратно поставила пепельницу на стол.

На следующий день, когда она забирала Сашку от Тамары, та не удержалась от комментариев по поводу субботнего вечера и Володи.

– Какой приятный мужчина был с вами вчера в ресторане, Люся. Это ваш новый друг?

– Да, это мой новый бойфренд из Канады. Мы списались, и он приехал. Может быть, мы с Сашкой скоро поедем в Торонто в гости. У Володи там дом и бизнес, – увлечённо сочиняла Люся.

Зачем рассказывать Тамаре печальную правду?

Тамара к Люсе хорошо относилась и переживала, что её личная жизнь неустроенна. Ей хотелось услышать новость о перспективном любовном романе. Что хотела, то и услышала.

Прошло несколько недель. Люся понимала, что Володя не объявится, но подсознательно ждала от него известий. Он, конечно, ей так и не позвонил. Просто исчез, растворился в своей Канаде.

Вот и хорошо, что я с ним не стала спать. А то грустила бы, переживала, – пыталась утешить себя Люся неутешительными доводами. – *А может, у нас бы всё получилось. Он такой приятный, симпатичный, милый. Мне кажется, что такого я больше никогда не*

встречу. Кого-то он мне напомнил? Да Женю, аспиран-
та, с которым меня познакомила Таня. С тем не сло-
жилось и с этим. Проклятье какое-то! Уехали бы мы
с Сашкой в Канаду. Что я наделала? Я – кузнец своего
несчастья.

Глава 9

Ноябрь 1978 – весна 1979 года

Н и Люся, ни Андрей по-прежнему не работали. Люсины родители щедро и без малейшего упрёка продолжали их кормить, поить и полностью содержать. Инна Абрамовна подбрасывала Андрею наличные на мелкие расходы и покупала ему заграничные шмотки, чтобы выглядел прилично в эмиграции. Люсе было стыдно за подобное иждивенческое существование. Андрею – нет. Он постоянно повторял: на то она и мать, чтобы помогать. А когда они устроятся в Америке, он будет посылать Люсиным родителям посылки и расплатится за хлеб и соль. «Когда мы устроимся в Америке … » – эта фраза пока звучала для Люси нереальным рефреном, раздражающим её слух. Люся ждала и не ждала разрешения на выезд, старалась не задумываться об эмиграции, и гнала от себя все вопросы и сомнения, сопряжённые с отъездом.

Сашке исполнился год. Несмотря на то, что Андрей морально да и физически почти сидел на чемоданах, они всё же решили пригласить друзей и отметить день рождения ребёнка. Позвали соседей с верхнего этажа – молодую пару с маленькой девочкой, чуть постарше Сашки, подругу Настю с мужем Витей, которые были свидетелями на свадьбе, двоюродную сестру Машку, которая произнесла знаменательную фразу, что мужья меняются, а сёстры остаются, и Машкину ближайшую подругу Леру с мужем Веней.

Машка и Лера с Веней были в курсе грандиозных планов Теплицких уехать в Америку. (Лера с Веней даже подумывали последовать их примеру, но не так скоро и по обстоятельствам.) Настя с Витей и соседи даже не подозревали, какой роковой шаг собираются предпринять их друзья. Теплицкие им ничего не рассказывали, так как те абсолютно искренне осудили бы «такое» действие и перестали бы с ними общаться. У них был разный пятый пункт и разные взгляды на еврейскую эмиграцию и некоторые другие важные аспекты жизни, но это не мешало им дружить.

Ведь дружба базируется не только на политических взглядах, но, прежде всего, на человеческих качествах и отношениях. Политика – сложное и грязное дело. И вообще, она часто кардинально меняется. Советский Союз первым признал государство Израиль, потом Израиль превратился в злейшего врага. Дружить можно вне политики. Вообще, дружба – понятие объёмное, растяжимое и часто необъяснимое. Зачем преждевременно обострять отношения и терять старых друзей, до того, как придёт разрешение на выезд? Ещё успеется. А может, придётся сидеть в отказе? Кто знает, кто знает!

В начале празднества Теплицкие радостно демонстрировали гостям Сашку и его достижения. «Вот наш златокудрый и зеленоглазый ребёнок! Он уже почти начал ходить, держась за стенку или за руки взрослых. Спросите его что-нибудь, типа: Саша хочет печенье? Или Саша хочет гулять? Он, правда, говорить ещё не умеет, но головой обязательно кивнёт. Умница, всё понимает!»

Гостям мужского пола подобные проявления родительской гордости были малоинтересны: они лишь одобрительно улыбались, предвкушая обилие вкусностей и мощный выпивон. Женщины по очереди тискали именинника и брали на руки, пока он не заревел с непривычки к такому количеству народа и вниманию к своей годовалой персоне. Зарёванному ребёнку показали грузовик, огромного плюшевого медведя и другие подарки. (Андрей сразу подумал, что всё это придётся оставить в Москве или, в крайнем случае, отправить в Нью-Йорк малой скоростью.) Потом Сашку вместе с подарками отвели в другую комнату и сдали на попечение дедушки и бабушки, чтобы с мальчиком поиграли, покормили его, умыли и спать уложили.

Пока «старики» занимались Сашкой, «молодёжь» пировала в гостиной. Женщины говорили о том, как трудно растить ребёнка в советских бытовых условиях, когда памперсы продаются только в валютных магазинах и нужно стирать и гладить допотопные подгузники. Когда обычная прогулочная коляска и полноценное детское питание – дефицит. Когда приходится аж в семь утра занимать очередь за молоком (иначе разберут), чтобы самим делать домашний кефир для ребёнка. Ещё говорили о новой примадонне – Алле Пугачёвой – и слушали пластинку с песней «Арлекино» и другими хитами из репертуара певицы.

Мужчины говорили немного о политике, но больше о футболе, русской бане и разных мужских делах: где достать хорошую электрическую бритву и польский лосьон для бритья. Травили анекдоты: новые и бородатые. Под выпивку и те, и другие шли хорошо в равной степени. Водки было много, и бутылки опорожнялись с опасной быстротой. В итоге соседа Васю пришлось отправить спать задолго до окончания вечера. Андрей, Веня и Витя тоже порядочно перебрали, громко спорили о политике на Ближнем Востоке, но пока держались в рамках приличия. Под конец вечеринки Витя отвёл Люсю в сторону и многозначительно произнёс, запинаясь:

– Л-люся! Я д-должен тебе сказать что-то важное!

– И что же такое важное ты хочешь мне сообщить? Может, лучше завтра по телефону скажешь, когда проспишься?

– Нет, именно сейчас. З-завтра будет поздно. П-промедление смерти подобно, Людмила! Надо менять м-мужа!

– Что?

– То, что слышишь. М-мужа надо м-менять!

– Я не ослышалась? Ты считаешь, что я должна развестись с Андреем?

– В самую т-точку! Ты не ослышалась.

– Это очень смелое заявление с твоей стороны, Витечка. Ты просто перепил. Что тебя смущает в Андрее? Может быть, ты знаешь нечто такое, чего не знаю я?

– М-может, я и того, слегка п-перебрал, но говорю тебе, как истинный друг и муж т-твоей близкой подруги: м-мужа надо м-менять. С ним что-то не в порядке – по большому счёту. Он – псих! П-подавай на развод! Чем быстрее, тем лучше. Совет от чистого сердца. Сама убедишься, – сказал пьяный Витя и потащил Настю домой. Настя смотрела на Люсю с сочувствием и только кивала головой, подтверждая правоту Вити.

Менять мужа! Легко сказать. Впрочем, я и сама ни в чём не уверена. А ребёнок, а Америка? Много на себя берёте, друзья. Хорошо давать бесплатные советы. Вон Витя любит выпить, но Настя же не собирается из-за этого с ним разводиться. И муж соседки с верхнего этажа Вася тоже любит выпить. Кто ж в России не пьёт? Да и не бывает идеальных мужей. Один выпивает, другой погуливает, третий не работает, четвёртый ревнует до безумия, пятый распускает кулаки… Да, но Андрей действительно странный. Этого не заметить нельзя.

Разъехались гости где-то в двенадцатом часу, и Люся с Марией Александровной принялись убирать со стола и мыть посуду. Григорий Ефимович им активно помогал, а Андрей еле держался на ногах, пробормотал что-то в своё оправдание, ушёл в спальню и рухнул в кресло. К двум часам ночи уборка и мытьё посуды были закончены, и Люся с родителями разошлись по комнатам.

Люся разложила стандартно-советское супружеское ложе – диван-кровать, постелила постель и сделала одну непростительную ошибку: она попыталась разбудить Андрея, чтобы тот разделся и перекантовался с кресла на диван. Андрей пробудился и открыл затуманенные водкой злые глаза. Спьяну он мало что понял, но довольно чётко послал жену на три буквы. Причём сделал он это несколько раз и так громко, что Сашка проснулся в своей детской кроватке и заплакал.

Люсе бы надо было проявить женскую житейскую мудрость, понимание ситуации и просто промолчать, оставив мужа в покое, по принципу «поговорим завтра, когда пьяный дурак проспится». Но ни мудростью, ни пониманием, как надо обращаться с подвыпившим супругом, она в те годы, на ранней стадии замужества, не обладала. Люся обиделась, всмутилась и закричала, не жалея голосовых связок:

– Мой бедный ребёнок! Андрей, ты – пьяный хам и скотина, ребёнка разбудил!

Реакция Андрея была для Люси новой и совершенно неожиданной. Он легко вскочил с кресла, размахнулся и ударил жену по лицу. Рука у Андрея была тяжёлая. У Люси тут же носом пошла кровь, и она громко зарыдала. В эту минуту открылась дверь в комнату, и на пороге появился разбуженный Григорий Ефимович. Увидев окровавленное лицо дочери, отец не стал вникать в детали разборки, сходу залепил Андрею пощёчину и велел ему «немедленно убираться вон из нашего дома». Люся испугалась за отца: ему было пятьдесят три года, он был меньше ростом и явно слабее здорового амбала Андрея, к тому же страдал стенокардией.

Боже, Андрей покалечит его! У папы случится инфаркт. Что я наделала! Могла бы и помолчать, – в ужасе подумала Люся. Как ни странно, Андрей моментально протрезвел, дал задний ход, как нашкодивший пёс, не возразил ни слова в ответ и стал собираться домой. Денег на такси у него не было, и ему пришлось среди ночи звонить маме, чтобы та за ним приехала. Инна Абрамовна прилетела за сыном покорно и со скоростью ветра. Видно, ей было не привыкать вытаскивать Андрея из экстремальных ситуаций. Они отбыли к себе на Садово-Каретную.

Люся укачала сына и сама легла в постель. В голове крутились невесёлые мысли:

Как мало я знаю своего мужа! Мы прожили вместе полтора года, а я, можно сказать, только начинаю его узнавать. Нет, он не пьяница, но, когда выпьет, становится агрессивным, теряет человеческий облик. Неизвестно, чем бы всё это закончилось, если бы не папа. Ехать с Андреем в Америку одной, без поддержки родителей – значит, подвергать риску себя и ребёнка. Вот влипла!

Люсе стало страшно:

Кто он, мой муж? Хам, хулиган или безумец? Достоевщина какая-то… Нет, нет! Он просто выпил, и разгулялись нервы. С кем не бывает! Я сама спровоцировала эту отвратительную сцену. Следующий раз буду умнее. У меня нет никакого житейского опыта.

А внутренний голос возражал:

Ты сама сказала «следующий раз». Ведь следующий раз непременно будет. Разводись, уноси ноги, пока цела. Даже пьяный Витя сказал, что мужа надо менять. И Машке он не нравится.

На этой невесёлой ноте Люся заснула. Она была слишком утомлена, чтобы продолжать изводить себя сомнениями.

Прошло несколько дней. Люся всё ждала, что Андрей позвонит, раскается и попросит прощения. Но он не звонил. Надо было продолжать ухаживать за ребёнком: в семь утра бежать за молоком, готовить ему нехитрую еду, стирать, гладить детскую одежду, гулять два раза в день и делать много разных небольших каждодневных дел. Люся впряглась в обычную рутину и, в общем, со всем справлялась, но вот погнать себя рано утром за молоком и детским питанием после частых бессонных ночей было трудно. Да и Сашку она не всегда могла оставить с больной мамой и бабушкой. Мама плохо видела, и у неё скакало давление. Бабушка была неповоротлива, к тому же у старушки тряслись руки.

Вначале Григорий Ефимович с готовностью взял на себя обязанность «бегать» за детским питанием. Мол, раз выгнал Андрея, надо помочь дочери. Он вставал в шесть утра, бежал к семи в магазин, прибегал обратно домой, а потом уже отправлялся на работу. А жили они в ту пору на далёкой рабочей окраине Москвы, и добираться Григорию Ефимовичу до работы нужно было где-то часа два: сначала пятнадцать минут пешком до автобуса, потом автобусом минут сорок до метро, потом минут пятнадцать на метро и, наконец, от метро – трамваем или пешком ещё минут пятнадцать. Через неделю Григорий Ефимович понял, что не в силах справиться с этой дополнительной нагрузкой, и сказал Люсе:

– Прости, доченька, сил нет! Давай вызывай своего охламона. Ему всё равно делать нечего. Не работает, так пусть хоть поможет жене с ребёнком.

– Пап, ты серьёзно? Ты считаешь, что я должна его простить?

– Простить или нет, ты сама должна решить. Я тут тебе не советчик, хотя кое-какие соображения имею, но пока буду держать их при себе. Можно и не простить, но помогать он так или иначе тебе обязан. Хорошо устроился твой Андрей! Не работает, семью не содержит, ничего не делает, только разглагольствует да ещё позволяет себе напиваться и руки распускать. Надо приструнить мужика и нагрузить обязанностями.

– Хорошо, папочка, я подумаю, – сказала Люся. А думать особенно долго не пришлось, так как Андрей вскоре сам позвонил, просил прощения, клялся в любви и преданности и заверил жену, что «такое» больше никогда не повторится, что ему нет жизни без них с Сашкой и что он готов бегать за детским питанием, молоком, продуктами … и вообще делать всё, о

чём его только Люся ни попросит. Люся сказала, что
до конца простить его не сможет, но помощь от него
примет, так как у неё пока нет иного выхода.

Жить к жене и ребёнку Андрей не вернулся: испугался непредвиденных осложнений, боялся, что не
сможет совладать с собой и нарушит худой мир, который, как известно, лучше доброй ссоры. Но исправно бегал за молоком и другими продуктами, звонил
по нескольку раз в день и прилетал по первому зову,
подставляя Люсе своё мощное плечо. Люсю такой ва-
риант приходящего мужа на посылках, без выполне-
ния прямых супружеских обязанностей, очень даже
устраивал.

Весной 1979 года Теплицкие наконец получили
разрешение на выезд в Израиль. Времени на сборы и
завершение московских бюрократических процедур
им дали не так уж много. Андрей и Инна Абрамовна
снова забегали по инстанциям, а Люся никуда не бе-
гала, сидела дома с Сашкой и всё думала:

Что же мне делать: ехать или не ехать?

Глава 10

Весна 1983 – весна 1984 года

Потерпев фиаско с первыми попытками найти достойного бойфренда, Люся слегка опечалилась и охладила свой поисковый пыл. Тем более что работа, учёба и Сашка всё больше требовали от неё отдачи и внимания. Работала она тогда в библиотеке Канарси на должности librarian trainee, что означало нечто вроде «не совсем ещё библиотекарь, библиотекарь-подмастерье, библиотекарь без диплома», но обязанности её были полностью библиотекарские, и начальство давало ей «ответственные задания». Когда она переходила в эту библиотеку, сотрудники пугали её будущей начальницей, у которой была дурная слава держиморды. Мол, она такая разэтакая, злюка, самодурка, не одного молодого библиотекаря сгноила и уволила. Люся слушала и тряслась от страха, но отказаться от перевода не имела права, и выбора никакого у неё не было.

Люся ожидала увидеть чудовище, Горгону-медузу, Салтычиху, но перед её глазами предстала обычная женщина лет пятидесяти с хвостиком, с правильными чертами лица, седой чёлкой, при серьгах и с подкрашенными губами. Её тело как будто состояло из тел двух разных женщин. Верхняя женщина: от талии и выше была не то чтобы стройной, но вполне нормальной комплекции, а вот нижняя – страдала значительным ожирением. И ни широченные брюки, ни блузки-балахоны не могли скрыть этот бросающийся в глаза недостаток.

– Рада приветствовать вас, Людмила, в нашей библиотеке. Русскоязычных сотрудников у меня ещё не было. Меня зовут Лаура Розенблюм, миз Розенблюм. Мне доложили, что вы усердный работник и хорошо владеете английским, – прогремела глубоким контральто Люсина новая начальница.

– Да, это всё так, миссис Розенблюм, – сказала Люся, скромно потупив глаза и ненамеренно игнорируя обращение миз, которое она слышала в первый раз. В Союзе Люся такое не проходила, да и в Америке пока с подобными нюансами не сталкивалась.

– Не миссис, не мисс, а миз Розенблюм, – сразу поправила она Люсю. – Да, я замужем за мистером Розенблюмом и ношу его фамилию по традиции, но я принадлежу сама себе, а не мужу. Я – женщина и личность. Поэтому называйте меня, пожалуйста, миз Розенблюм. Запомнили? Это важно, – отчеканила начальница.

– Да, миз Розенблюм, конечно, я запомнила, – пробормотала Люся, хотя ровным счётом ничего не поняла в этих тонкостях, как ей потом объяснили, феминизма и достижений в борьбе за права женщин. А поняла она одно: с начальством не спорят, особенно с миз Розенблюм, о самодурстве которой она слыхала достаточно.

Люсину непосредственную супервайзершу, помощницу начальницы, звали Саманта.

– Здравствуйте, Людмила! – сказала она. – Я буду вас тренировать, а если что неясно, со всеми вопросами обращайтесь только ко мне. Я должна быть в курсе, как продвигается ваш тренинг.

Саманта улыбнулась, отчего её большой подвижный рот сделался ещё больше. Она кивнула Люсе, как бы в подтверждение своих слов, тряхнула крупными кольцами серёг и засмеялась звонко и заливисто.

Ну, эта, слава богу, кажется, совсем нестрогая, даже либеральная и весёлая. С ней будет проще, – с облегчением подумала Люся.

И началось Люсино обучение «на производстве» – в библиотеке и в Институте Пратта. Самое сложное было отвечать на вопросы, сидя за справочным столом (reference desk). Подходили взрослые, подростки, дети, с самыми трудными и невообразимыми (тогда для Люси) заданиями. Надо было сначала понять вопрос, который частенько даже тот, кто его задавал, сам не понимал. Кроме того, произношение у посетителей было разное: у кого бруклинское, у кого – южно-американское, у кого – с островов. У одних – чёткая артикуляция, у других – рот кашей набит. Иногда Люся просила написать на бумаге вопрос, и они писали, если могли. Со спеллингом у многих были проблемы посерьёзнее, чем с произношением.

Тогда на помощь охотно приходили Саманта или Лаура, и они вдвоём общими усилиями старались удовлетворить запросы посетителей.

Школьники старших классов частенько просили литературу на тему абортов и смертной казни. Людмилу, выросшую в Советском Союзе, морально-этические дискуссии на подобные темы удивляли, ибо её отношение к этим вопросам было советское, кондовое. Аборты нужны. Как же без абортов? И смертная казнь для особо опасных преступников тоже нужна. Лаура поддерживала Люсю в вопросе об абортах, так как запрет на них ограничивал свободу и права женщин распоряжаться своим телом. Относительно смертной казни она с пылом говорила следующее:

— Бог даёт человеку жизнь, значит, только Богу решать, когда и почему эту жизнь закончить. Кроме того, были случаи, когда «преступников» уже казнили, а впоследствии выяснилось, что они к этому преступлению не причастны. Это уже преступление государственной карательной машины перед Богом и людьми.

Люсины отношения с Богом на тот период времени, в силу атеистического образования, воспитания и как результат ленивого мышления, можно сказать, отсутствовали. Люся хотела бы поспорить с Лаурой, но, как поняла в самый первый день работы в Канарси, с начальством не спорят. Вопрос о Боге для Люси оставался открытым. Ей хотелось верить в высшую справедливость, но упорно не верилось – по причине отсутствия наглядных прямых доказательств. Она не понимала, что истинная вера в Бога первична, а доказательства – вторичны. *И воздастся каждому по вере его.*

Молодой библиотекарь итальянского происхождения, Эдди, тоже участвовал в Люсином тренинге. Он учил её, как оформлять заказы на книги и как показывать посетителям кино. Выбирали, как правило, старые классические фильмы, типа «Лоренс Аравийский», кинокомедии с участием Лорела и Харди, Чарли Чаплина и другие. Для Люси, замученной учёбой, работой и домашними делами, когда времени в обрез и даже некогда посмотреть телевизор, показ фильмов в библиотеке был настоящим праздником и прорывом из плотной цепи однообразных звеньев жизни в Новом Свете.

Однажды Люсю и Эдди послали на собрание в Центральную библиотеку. Вернее, послали Эдди, а заодно и Люсю, чтобы приучалась к посещению оных. А их, этих профессиональных сборищ, было ой как много! Пожалуй, даже больше, чем на романо-германской кафедре филфака МГУ. Эдди было поручено прослушать лекцию о справочных материалах, просмотреть новые поступления и сделать письменные рекомендации для пополнения коллекции «бранча» Канарси. Эдди и Люся всё проделали, как полагалось, и после полудня отправились к себе в бранч. По дороге Эдди предложил зайти в местный ресторанчик на ланч. Это было Люсино первое посещение хоть и маленького, но всё же ресторана в Америке. Эдди заказал себе туна-сэндвич, а Люся попросила сэндвич из ветчины с сыром, помидора-ми, салатом и майонезом. Ответом официанта было абсолютное молчание. Он пришёл в состояние, близ-кое к ступору. Глаза итальянца Эдди разве что не вы-катились из орбит.

— Ты что, спятила? – прошептал Эдди.

— А что я такого сказала? – перепугалась Люся.

— Это же кошерный ресторан. Они свинину не подают, тем более с сыром! Ну, ты даёшь, Люси! Пря-мо с луны свалилась. Ты же вроде еврейка.

— Именно вроде… Я ничего не смыслю в иуда-изме: ни родители, ни советская власть не приучили. Мы были евреями только по паспорту. Почему же ты меня не предупредил? Откуда мне знать, что этот ре-сторан кошерный? – прошипела она в ответ и густо покраснела.

— Я думал, что ты умеешь читать вывески…

Люся, конечно, умела читать вывески, но ей и в голову не могло прийти, что католик Эдди поведёт её в кошерный ресторан. Она даже не обратила внима-ния, как называлось это заведение. Было так неловко и жутко стыдно перед Эдди и официантом. Но Люся ведь была новой иммигранткой из страны советов, а этой новоиспечённой американской братии многое прощалось. В итоге Люся тоже заказала туна-сэнд-вич, и инцидент был исчерпан. Правда, Эдди ещё долго хихикал над Люсиным промахом, но на работе никому не рассказал, чтобы не выставлять Люсю ду-рочкой перед коллегами. Хороший парень был Эдди, порядочный и симпатичный, с яркой внешностью, унаследованной от сицилийских предков. Вот такого бы Люсе бойфренда! Но сердце Эдди было прочно занято.

Канарси когда-то был тихим, спокойным, отдалённым от городской суеты и криминальной активности районом Бруклина. Население его прежде составляли в основном потомки итальянских, ирландских и еврейских иммигрантов среднего класса. Они построили уютные красивые домики, которые появились на карте Бруклина под названием Сивью-Вилледж, а также католическую церковь, синагогу и еврейский культурный центр – Hebrew Education Society. В еврейском центре круглый год кипела жизнь: происходили собрания общины, отмечались всевозможные праздники, работали кружки рисования, вязания, кройки и шитья, детский сад, клуб одиноких сердец, бассейн и летний лагерь. Постепенно население Канарси менялось. Белые домовладельцы стали продавать дома чёрным и латинос, а сами покупали собственность подальше от Бруклина: на Лонг-Айленде или Статен-Айленде. Когда Люся жила и работала в Канарси, этот район ещё не успел превратиться в чёрное гетто, но всё необратимо шло к тому.

Библиотека Канарси находилась на центральной улице района – Рокавей-Парквей. На той же улице по соседству помещалась одна из самых проблемных школ города – Canarsie High School (средняя школа Канарси). Где-то между двумя и тремя часами дня занятия заканчивались, двери школы открывались, и на Рокавей-Парквей выбрасывалась лавиной неуправляемая толпа учеников-тинейджеров. Их молодая бурно-гормональная энергия, зажатая в течение шести часов занятий школьными стенами и предписаниями поведения, наконец-то высвобождалась, готовая крушить всех и вся на своём пути.

Они бежали и скакали, как табун диких лошадей, и горе тому, кто зазевался на дороге. Чаще всего, правда, подростки затевали клановые драки и разборки между собой. Иногда в ход пускались ножи и даже пистолеты, которые, несмотря на тщательную проверку, ребятам всё же удавалось пронести с собой на теле. Парни дрались из-за девиц, девицы – из-за парней. Дерущиеся девицы были особенно колоритны, когда царапались и вцеплялись друг другу в волосы. Наблюдающие за потасовкой дружки и подружки подстёгивали драчунов, кричали: «Давай, давай! Врежь ему (ей) как следует!» Путь школьников к автобусу и сабвею (метро) лежал мимо районной библиотеки. Ветерок доносил до раскрытых окон сладковатый запах марихуаны.

Охранником в те годы работал седовласый, по-гусарски усатый ветеран корейской войны мистер О'Доннелл. Как только первые школьники показывались на улице, О'Доннелл решительно и незаконно (в часы работы библиотека должна была быть открытой во что бы то ни стало) запирал двери здания на ключ, и никого не впускал и не выпускал. Проходило где-то около получаса, страсти постепенно стихали, иногда при помощи полицейских.

– О'Доннелл! – гремела миз Розенблюм. – Они
уже прошли?

– Прошли, прошли! Всё спокойно.

– Открывай двери! – командовала начальница. И
так почти каждый день.

О'Доннелл и Лаура, что называется, сработались.
Она, полагаясь на его опыт и благоразумие, полностью доверяла ему, никогда не критиковала его и не
ругала. Он привык к её повелительному тону и гром-
кому голосу, как бывший военный, считал такую фор-
му руководства вполне приемлемой и верно служил
Лауре и библиотеке. Однажды всё-таки случилось неприятное происшествие. Дело было во время ланча.
О'Доннелл поехал домой перекусить, так как жил не-
подалёку. Почти все сотрудники спустились в под-
вальчик в столовую. На дежурстве остались две женщины: клерк, которая стояла на выдаче книг, и Лаура
– за столиком информации. В библиотеку зашёл незнакомый (а сотрудники знали почти всех регуляр-
ных посетителей в лицо) краснорожий, неряшливо
одетый белый мужчина. Таких здесь называют white
trash (белый мусор). На лице его было написано, как
говорят по-английски, that he was looking for troubles
– что он искал неприятностей на свою голову. Сел он
за столик, достал из кармана помятый лист бумаги и
хотел было что-то записать, да карандаш его сломался. Он огляделся по сторонам и увидел на столе, за которым сидела Лаура, карандаши в стаканчике. Вместо
того чтобы культурно попросить библиотекаря об
одолжении, этот тип просто внаглую протянул руку и

схватил карандаш. Лаура, конечно, не могла стерпеть такую грубость и неуважение к своей персоне и библиотеке. Резко сказала ему:

— Так нельзя! Вы должны спросить разрешения.

— Никому я ничего не должен. Я плачу налоги, а это публичная библиотека, — ответил он.

— Сомневаюсь, что вы налоги платите, — сказала Лаура, и это была её роковая ошибка.

— Заткнись, сука! — рявкнул краснорожий и со всего размаху залепил Лауре пощёчину. Лаура совершенно не ожидала такого крутого поворота событий. Она схватилась за щёки обеими руками, как бы защищаясь от дальнейших ударов, и закричала: «На помощь! Security! О'Доннелл».

Дальнейших ударов не последовало. Краснорожий хулиган сразу сник, видимо, осознав, что сейчас вызовут полицию и он загремит в участок. Он стал пятиться назад, а потом скакнул к выходу — и был таков. Прибежали из кухни ланчующиеся сотрудники, окружили Лауру, кто-то позвонил в полицию. Приехала «скорая», явился О'Доннелл, составили акт, вызвали мистера Розенблюма, который незамедлительно увёз свою жену домой.

Такого вопиющего безобразия, чтобы ударить по лицу заведующую, в библиотеке ещё не было. Два дня Лаура приходила в себя, сидела дома со льдом на щеке. Встревоженные сотрудники никак не могли успокоиться и ещё долго вздыхали и обсуждали это из ряда вон выходящее происшествие, сочувствуя Лауре. Нашлись, конечно, и злопыхатели, которые в кулуарах с удовольствием обсасывали детали злополучной пощёчины, приговаривая, что «стерва Лаура наконец-то получила по заслугам».

Люся проработала у неё в подчинении полтора года и не могла пожаловаться на плохое отношение к себе. Лаура сочувствовала Люсиному положению матери-одиночки, разведёнки, студентки и новой иммигрантки без гроша в кармане, делала на всё это скидку, не ругала молодую женщину за ошибки и не перегружала работой. И Саманта не раз говорила Люсе, что у Лауры просто громкий, грубый голос, а под этой оболочкой – совсем не злая, просто закомплексованная женская душа.

Глава 11

Весна 1979 года

Надо было идти в ЖЭК, ехать в ОВИР, подписывать какие-то документы, докупать нужные вещи, а Люся всё сомневалась и вопросительно взирала на родителей в поисках поддержки и совета. Люсины родители, отказавшись сами от эмиграции, тоже не были уверены, какое решение для дочери будет правильным. С одной стороны, они боялись и знали, что расставание с дочерью и внуком, скорее всего, продлится долгие годы и они так и не доживут до встречи. Это убивало их. С другой – они понимали, что ни Люсе, ни маленькому Сашке в Союзе прекрасное будущее абсолютно точно не светит. (Кто же мог в конце семидесятых годов предположить, что через шесть-семь лет начнётся перестройка и гласность, которые перевернут политику и экономику Советского Союза! Что рухнет железный занавес и развалится оплот мирового социализма и коммунизма – грозная империя СССР! Что антисемитизм останется в стране лишь на бытовом уровне!)

Значит, всё-таки надо ехать. Да, но ехать с таким, мягко выражаясь, неуравновешенным мужем, как Андрей, боязно и даже опасно. Кроме того, для Марии Александровны было очевидно, что Люся не любила мужа и заставить себя полюбить его не могла. И реально ли это для женщины вообще – принудить себя полюбить нелюбимого? Можно привыкнуть, привязаться, проникнуться симпатией и уважением к мужу. Но Григорий Ефимович и Мария Александровна сомневались, что с Люсей произойдёт даже эта метаморфоза общечеловеческого отношения к Андрею. Несмотря на красивую и мужественную внешность, Андрей уже после недолгого знакомства вызывал у окружающих исключительно отрицательные эмоции. Тем более у жены, которая с ним соприкасалась чаще других. Родители не давали советов Люсе. Они попросту безмолвствовали, за что себя впоследствии нещадно упрекали.

Всё разрешилось в один час, когда взмыленный от беготни по инстанциям Андрей прибежал к Люсе домой с букетом роз, в пафосном порыве встал перед ней на колени, стал обнимать её ноги и целовать руки, клялся в вечной любви и со слезами на глазах (да, да, натурально проливал слёзы) умолял ехать в Америку. Причём эта сцена сознательно разыгрывалась на виду у Люсиных родителей и тёти Нади.

Смотрите все, какой я замечательный! Я любящий, верный, единственная Люсина надежда и опора, та самая крепкая мужская спина, за которую они с Сашкой могут спрятаться в случае любых жизненных невзгод!

– Я исправлюсь, Люсенька! Я понял свои ошибки. Я так люблю вас обоих, я жить не могу без тебя и Сашки. Клянусь, я тебя никогда, никогда больше не обижу, пальцем не трону. Да и какая жизнь вас ожидает здесь? Жалкое прозябание на рубль в час! Прошу тебя, соглашайся! – взывал он к её эмоциям и разуму.

В таком состоянии решительности и вроде искреннего покаяния Люся видела Андрея впервые. Никто до сих пор не стоял перед ней на коленях с букетом роз и не обнимал её ноги. Она растерялась, расчувствовалась, заплакала и в конце концов согласилась ехать. Домашние смирились, успокоились, не то облегчённо, не то покорно вздохнули. Решение было принято. Правильное решение или нет, показать могла только дальнейшая жизнь.

Григорий Ефимович с Люсей пошли в ЖЭК для выписки её из квартиры. Работница ЖЭКа, молодая девица лет двадцати пяти, посмотрела на них с нескрываемой ненавистью и презрением. Её всю распирало от негодования, и она не смогла удержаться от «патриотического» напутствия отъезжающей:

– Поскорей бы вы убирались в свой Израиль, – она сделала ударение на третьем слоге. – Без вас тут воздух будет чище.

– А можно без хамства, девушка? Я лично никуда не уезжаю и напишу на вас жалобу начальнице ЖЭКа и… в райком партии. Я – ветеран Великой Отечественной войны и член КПСС с 1944 года. Ко мне прислушиваются, а вас за такое хамство по головке точно не погладят, – пригрозил девице Григорий Ефимович.

– Что? – открыла рот девица.

– То, что слышали, – сказал Григорий Ефимович.

Девица только и смогла открыть рот и ловить воздух. Не ожидала она такого отпора от «этого старого еврея».

– Пап, не связывайся с этой дрянью. Пошли. У нас нет времени, – влезла в разговор Люся.

Она взяла отца под руку и буквально оттащила его от типичной представительницы советской хамско-антисемитской бюрократии.

Не хватало ещё, чтобы эта нахалка в отместку притормозила документы и не выдала нужную справку.

Но внутри у Люси всё клокотало. Вот и ещё одно доказательство того, что она всё делала правильно.

Надо уезжать, непременно!

Вечером Люся с Андреем решили немного погулять. Взяли Сашку и выкатились на местный бульвар. Стоял конец апреля, самое любимое Люсино время года, когда зима уже отступила, а весна ещё только-только подкрадывалась к городу, обещая скорую зелень, тополиный пух, а потом уж и цветенье сирени-черёмухи. Радость была именно в этом первом лёгком дыхании весны и предвкушении лета. Теплицкие сели на скамейку, тихо говорили о том, что ещё им предстоит сделать в ближайшие несколько недель перед отлётом. Сашка, опьянённый кислородом, заснул.

К скамейке подошла пьяная женщина лет сорока-пятидесяти, неопрятная, распатланная, из тех прожёванных жизнью «бывших ночных фей», которых в народе называют «шалава» или просто «старая б-ь». Она посмотрела на парочку тупым затуманённым взором и без всякой злобы, просто как утверждение факта произнесла:

– Во, явреи сидят. Чаво ждёте? Ехайте в свой Изра́иль!

Она ухмыльнулась и обнажила отвратительный рот с чёрными пеньками гнилых зубов. Резко запахло тухлятиной и сивухой.

Андрей хотел было ей что-то ответить, но Люся своевременно схватила его за руку и сказала:

– Молчи! Не связывайся. Это же настоящее дно. Нам сейчас только скандала не хватает и вмешательства милиции. Пошли отсюда, немедленно!

Андрей молча сжал кулаки. Он всё же умел сдерживаться, когда это было необходимо. Ведь на кону стояла эмиграция. И они покатили коляску в другую часть бульвара. Горькое чувство приниженности и незащищённости охватило Люсю.

Какая-то падаль со дна рода человеческого, грязная мразь и пьянь, которая еле стоит на ногах и мало что соображает, способна в этом полуживотном состоянии выделить их как евреев да ещё отпустить по этому поводу ремарку. Да, из такой страны надо эмигрировать непременно и как можно скорее. Всё шло к тому. Вот и ещё одно доказательство.

Больше всех отъездом Люси и Сашки была расстроена бабушка, бывшая актриса. Бабушке было семьдесят шесть лет. Она больше не играла на сцене, ей нечем было заняться, кроме забот о собственном здоровье. И тут вдруг рождается Сашка, её первый и единственный правнук. Он рос и развивался на её глазах. Старушка сильно привязалась к ребёнку, златокудрому и зеленоглазому ангелочку, пела ему колыбельные песни по-русски, по-украински и на идише, играла с ним, иногда варила ему супчик. И у неё этот супчик получался вкуснее, чем у Люси. Сашка наполнил её угасающую жизнь любовью, долгом и, можно сказать, первостепенным смыслом. Бабушка искренне горевала о том, что больше не увидит Сашку, и отговаривала Люсю ехать. Она рассказывала внучке в назидание, что в своё время её старший брат, который уехал в Америку в одна тысяча девятьсот далёком году, писал им с дедушкой о трудностях, которые ждут эмигрантов. Бабушка даже предрекала, что с профессией «английский язык», на котором там говорят все, следовательно, он не является профессией, и «таким ужасным мужем» Люся, возможно, окончит свою жизнь в приюте для бедных или в канаве. И что будет с Сашенькой! У бабушки были устарелые, дореволюционные представления об эмиграции: пароход, долгое плавание, качка, Эллис-Айленд, тяжёлый фабричный труд, нищета, приют для бедных и ранняя смерть.

– Не переживай, бабуля! Ты просто не в курсе. Сейчас другие времена. Американское государство оказывает новым иммигрантам и беженцам моральную и материальную помощь. Со мной и Сашкой всё будет хорошо!

Не удалось бабушке отговорить внучку от отъезда в Америку. Бабушка всплакнула и на всякий случай всё же снабдила Люсю адресами своих племянников и их детей. Потом, по приезде в Америку, Люся написала им письма, но никто не откликнулся, и послания её не вернулись, значит, всё же были получены адресатами. Видимо, американские родственники просто не захотели отвечать какой-то там троюродной сестре – десятой воде на киселе, испугавшись, что она обременит их заботами или, что ещё хуже, упаси боже, попросит денег.

Где-то за месяц до отъезда Люся с Андреем собрали кое-какие хорошие, но ненужные вроде в Америке вещи, сложили в чемодан и решили отнести в комиссионный магазин. Выходят они из дома, направляются к автобусной остановке, а навстречу им два милиционера:

– Куда направляетесь, молодые люди? Ваши документы.

Андрей побледнел, у Люси всё похолодело внутри.

Ну вот. Приехали. Они знают, что мы собрались эмигрировать. Выследили нас. Сейчас придерутся к чему-нибудь – и прямиком в СИЗО. Не видать нам Америки!

– Мы едем в комиссионный магазин, – еле выдавила из себя Люся. Андрей, наступив на горло своему вздорному характеру, слава богу, молчал.

– Вы проживаете в этом доме?

— Да, я здесь прописана. Это мой муж. Вот паспорт, пожалуйста. Вот прописка. Вот штамп регистрации брака.

Блюстители порядка просмотрели Люсин паспорт, убедились, что она проживает в доме и подъезде, из которого вышла, и вернули ей документ.

— Всё в порядке, граждане, можете ехать в комиссионный магазин. Извините за беспокойство! Превентивные меры, так сказать.

— А что, собственно, происходит, почему вдруг такая проверка? — не преминул вставить вопрос Андрей. Ну, не мог он удержаться, так и лез на рожон! Люся мрачно на него взглянула.

Лучше бы ты помалкивал. Какое нам, отъезжающим за кордон, дело до того, что здесь происходит. Отпустили нас, и слава богу! Сейчас нарвёшься! Мало не покажется.

Однако в этот день всё закончилось наилучшим образом. Милиционеры спокойно отреагировали на вопрос Андрея, объяснив Теплицким, что в их доме произошли две крупные кражи, и теперь служители порядка пытаются выследить преступников, поэтому, когда увидели мужчину и женщину, выходящих из дома с чемоданом, решили проверить документы. Всё логично и просто.

У Теплицких отлегло от сердца. Они поехали в комиссионный, сдали вещи на комиссию, но потом в суматохе так об этом и не вспомнили и не узнали, проданы вещи или нет. А деньги от продажи? Кому-то они достались…

Наступил день отлёта. Все не спали две ночи. Одну – перед отправкой багажа, дома, другую – в аэропорту, сдавая багаж перед отлётом. Кошмар таможенного досмотра в Шереметьеве. Когда открывали каждый из многочисленных чемоданов, трясли каждую тряпочку, мурыжили дотошно и сознательно, чтобы эмигранты там, за границей, не забыли родину-мать. У одного отъезжающего в поисках валюты даже развинтили утюг, а у другого – срезали каблуки ботинок.

Люся действовала как автомат, без мыслей и эмоций. Она знала, что нужно пройти через все препоны и улететь. Единственное, что она смогла из себя скупо выдавить:

– Мамочка и папочка, простите меня, что я не говорю вам о том, как вас люблю. Вы же знаете и всё понимаете. Я просто боюсь разреветься и не хочу вас расстраивать. Всё решено. Пути назад нет. Надо сжать зубы и действовать.

– Я понимаю, Люсенька, девочка моя, – ответила Мария Александровна. Чего стоила ей эта короткая фраза! Отец молча кивнул и взял жену под руку.

Мама надела Люсе на руку свои золотые швейцарские часы марки «Мовадо», подаренные ей ещё дедушкой на тридцатилетие. Так, на чёрный день, чтобы дочь смогла их продать, если дойдёт до крайней степени бедности. У таможенника глаз на драгоценности был намётан. Он сразу заметил эти часы и велел их немедленно вернуть родственникам. Из ювелирных изделий Люсе позволили провезти только два золотых кольца (одно с жемчужиной, другое – обручальное) и маленькие жемчужные серьги. Денег разрешалось – триста долларов на семью.

Отъезжающих было четверо, не считая собаки: Андрей, Люся, Сашка и Инна Абрамовна. Когда они прошли все контрольные пункты и оказались по ту сторону «баррикады», Люся оглянулась назад и застыла соляным столпом. Родители – две сразу сгорбившиеся печалью фигурки – медленно удалялись, поддерживая друг друга.

Что я натворила, безумная? Как я могла решиться на такой шаг? Я искалечила наши жизни. Ведь я никогда, никогда своих родителей больше не увижу! Я оставляю их заложниками в стране, где их могут покарать за мой выбор. Папу будут таскать в райком партии, читать мораль за то, что вырастил предательницу дочь. Могут понизить в должности и даже уволить с работы. Бедная моя больная мама впадёт в депрессию, а бабушка без своего любимого правнука просто зачахнет и скоро умрёт, – ясно и безжалостно пронеслось в голове.

Люся заплакала, беспомощно и беззвучно, и ещё крепче прижала к себе Сашку, которого несла на руках. Сашка пока не умел разговаривать, но он понимал, чувствовал, что происходит нечто очень важное, неотвратимое, что это касается и его тоже, и, глядя на плачущую маму, захныкал.

Глава 12

Зима – лето 1984 года

П отерпев фиаско с канадскими кандидатами на роль бойфренда, Люся немного расстроилась, но отнюдь не отказалась от дальнейших поисков, теперь уже строго ограничив место жительства мужчин территорией США. Её привлекло вполне грамотное объявление, написанное нестандартным стилем явно интеллигентного человека, киевлянина, ныне проживающего в городе Боулдер, штат Колорадо. Звали бывшего жителя Украины Семёном. Для оригинальности и удобства классификации потенциальных бойфрендов Люся про себя называла его «Колорадским жуком», успокаивая свою совесть тем, что он всё равно об этом прозвище никогда не узнает и, следовательно, не обидится.

Между ними завязалась частая и подробная переписка. Они рассказывали друг другу о своих буднях и праздниках, о радостях и горестях иммигрантской жизни, изложили предпочтения и обязательные требования к представителям другого пола, с которыми бы пожелали познакомиться. Переписка

эта продолжалась довольно долго, где-то полгода.
В конце концов Люсе надоело марать бумагу. Она
решила действовать и пригласила «Колорадского
жука» к себе в гости в Нью-Йорк. Он не сразу согласился, ссылаясь на печальный опыт прошлых личных
встреч. Потом всё же изъявил желание приехать, но
с одним лишь условием, что остановится не у Люси
в доме, а у друзей. Разумный и предусмотрительный
был мужчина, видать, битый жизнью и вкусивший
сполна причуд и фокусов женского пола.

     В ожидании приезда нового пен-френда Люся
приготовила весьма насыщенный обед с настоящим
украинским мясным борщом по рецепту бэбиситт-
терши Тамары, куриными биточками с чесноком и в
сухарях, салатом оливье, копчёной красной рыбкой
и пирожными. Она приоделась, покрасила и уложила волосы, даже потратилась на маникюр, хотя посещение салонов красоты явно выходило за рамки её
худосочного бюджета.

     «Колорадский жук» оказался весьма крупных
размеров по росту и весу. Он, скорее, напоминал
медведя или тюленя. (Люся ростом едва доходила
ему до плеча.) Далеко не такой импозантный, как на
туманной фотографии, к тому же с небольшой плеш-
кой, которую Люся успела разглядеть, когда он на-
гнулся и приложился к её ручке в галантном поцелуе.
Увидев его, Люся сразу заставила себя подумать:

     *Внешность обманчива. И вообще, внешность —
это не главное в человеке, тем более в мужчине. Как
говорится, важно, чтобы человек был хороший, чтобы*

*интеллектуальный уровень и нравственный облик со-
ответствовали её требованиям, ну, и чтобы не был
противен физически. А там – стерпится, слюбится.
Да что это я? Опять иллюзорное «стерпится, слюбится»?*

Она милостиво перетерпела поцелуй своей на-
маникюренной ручки и, чтобы скрепить знакомство, протянула ему ту же руку для пожатия. И Люсина нежная ручка тут же утонула в его объёмистой
широкой лапе.

*Отчего у него такие жёсткие ладони, да ещё за-
усенцы? Он же не сапожником, не плотником, а программистом работает. Может, врёт? Да нет, на об-
манщика не похож. Приличный вроде мужчина.*

Люся закрыла глаза и представила себе, как он
этими своими заскорузлыми пальцами будет ласкать
её тело, и ей стало неприятно. Брр! Спохватившись,
она сказала себе:

*Люся, не беги впереди паровоза. Он же – новый им-
мигрант, советский дикарь, не знает, как ухаживать
за руками. Можно его дипломатично подучить эсте-
тике ухода за своим телом. Например, посоветовать
ему пользоваться кремом для рук. Можно послать его
на маникюр. Современные мужчины тоже маникюр делают. Вечно ты всё портишь своим безбрежным вооб-
ражением с негативным эффектом.*

Одобрив про себя внешний облик подруги по
переписке, «Колорадский жук» радостно заулы-
бался, открыл свой чемоданчик и достал щедрые подарки: американские духи Charlie – Люсе, машину с

дистанционным управлением – Сашке, бутылку хорошего вина – к обеду.

Он добрый и нежадный, серьёзно подготовился к встрече, потратился – на дорогу и дары. Это определённо говорит в его пользу. Правда, духи Charlie – не Chanel №5, но всё же... запах приятный. И Сашка от игрушки в восторге: уже гоняет машинку по всей квартире.

Сели за стол, ели, пили, беседовали.

– А у вас совсем неплохо, очень даже уютно в гостиной – для новой иммигрантки, – отметил Семён, оглядывая стены, увешанные Сашкиными картинками и рисунками в простеньких рамках, и купленную по случаю мебель.

– Спасибо! Рада, что вам здесь нравится.

– И обед шикарный. Да вы, Люся, отличная хозяйка.

– Ой, нет! Какая я хозяйка? Студентка я, да и работаю full-time. Времени в обрез. Просто вы – гость... Ну, и я постаралась...

– Спасибо, спасибо! – и он ещё раз приложился губами к Люсиной ручке.

Какой он старомодно-вежливый и... немного смешной.

Люся всё на него украдкой посматривала, приглядывалась. Она знала, что иногда между мужчиной и женщиной случается некая метаморфоза, неожиданный переход от физического безразличия к симпатии, к тяготению. Вдруг проскакивает искра, зажигает, и мужчина, который ещё минуту назад был для тебя никаким, чужим, становится притягательным и может даже показаться потенциально близким. Люся ждала. Ничего такого решительно не происходило. Искра упорно не вспыхивала. Время приближалось к полуночи. Она уложила Сашку спать, вернулась в гостиную и не знала, что делать дальше. Ну, не тянуло её к нему. Не тянуло – и всё. Не то что к канадскому Володе, о котором она снова с грустью подумала.

Поменять бы их местами! Этого отправить в Канаду, а того в Америку. Как по-дурацки проходит моя жизнь, и как обманчива переписка!

Гость почувствовал Люсину холодность, сомнения и неуверенность в дальнейших действиях и предложил необычный эксперимент. Будучи программистом, заложил в «машину знакомства» оригинальную программу действий.

– Люся, у меня возникла прекрасная идея, – изрёк он с энтузиазмом. – А что если нам… Давайте мы вместе ляжем в кровать, просто полежим и поспим. Я не храплю. Так, к сведению. Проведём ночь без секса. Проснёмся утром, вы ко мне привыкнете, и у нас всё получится. Я надеюсь, я почти уверен! Ну, что вы на это скажете?

– Не знаю, что и сказать, – промямлила Люся, чуть не потеряв дар речи.

Ничего себе придумал!

Ей совсем не улыбалось лежать в одной постели с «Колорадским жуком». Просто противно было даже ещё не интимное, а предынтимное состояние

– быть раздетой, почти касаться тела полуголого мужчины, к которому её абсолютно не тянуло. Брр!

– Ну, решайтесь! Если вы не захотите, я вас не трону. Слово джентльмена.

– Да, да! Я вам верю. Вы – настоящий джентльмен, такой обходительный! Но…

– Но что вас тогда смущает?

– Нет, простите, но я так не могу, да и не хочу. Вы всё шиворот-навывоворот предлагаете. Я должна сначала к вам привыкнуть, а потом уже лягу с вами в одну постель. И это ещё под вопросом…

– Но у нас с вами совсем нет времени, чтобы привыкнуть друг к другу, – резонно заметил гость. – Ведь через два дня я улетаю обратно. Придётся вам тогда прилететь ко мне в Боулдер… чтобы продолжить личное знакомство.

Люся закрыла глаза и ещё раз подумала о его жёстких ладонях, гипотетически не ласкающих, а царапающих её тело, об отсутствии тяготения и как-то обречённо, но весьма твёрдо изрекла:

– Нет, не надо мне лететь в Боулдер. Ничего не изменится. Я чувствую, знаю… Всё и так ясно. Не судьба нам с вами… Простите, простите меня, Семён! Перебаламутила я вас, ввела в расходы, да и себя тоже обнадёжила. И всё напрасно! – чуть было не сказала «Колорадский жук».

– Неужели я вам так противен?

– Ну что вы! Вы вполне импозантный мужчина. Просто я вот такая несовременная женщина. Для меня или любовь с первого взгляда, или ничего.

– Ну что же... Понимаю и не упрекаю вас. Сердцу не прикажешь. Как жаль! А я-то надеялся, – он побледнел, кивнул головой, явно огорчился, но сразу смирился без борьбы. Видно, не привыкать ему было сдавать позиции перед несговорчивыми женшинами. Тут же вызвал такси, попрощался и уехал ночевать к другу. Хороший, порядочный человек был Семён. Но Люся не умела создавать семейное счастье по расчёту.

Да и какое по расчёту может быть счастье! Как вообще счастье можно рассчитать? Счастье – капризное состояние души и тела. Оно либо приходит само, без приглашения... либо не приходит совсем. А иногда оно уже существует, живёт в тебе, но ты его воспринимаешь как обычные будни, и только когда оно вдруг махнёт прощально хвостом жар-птицы, ощутишь брешь в каждодневном существовании и боль, осознаешь, что счастье твоё упорхнуло.

После такого бесславного окончания длинного многообещающего эпистолярного романа Люся совсем разуверилась в реальной возможности найти подходящего сердечного друга, перестала читать матримониальные объявления, закисла и на какое-то время ушла с головой в работу, учёбу и заботу о Сашке.

Но долго киснуть, пребывая в состоянии разочарования, она не могла. Меланхолия и депрессивность не были свойственны её бойцовому нраву. Не прошло и месяца, как она снова начала покупать газету «Новое русское слово», которая в то время отражала жизнь русского зарубежья в США во всех аспектах: политическом, культурно-литературном, деловом, развлекательном и личном.

Следующее объявление, на которое наткнулся Люсин пытливый взгляд, снова вселило в неё надежду. Оно было написано бывшим москвичом, в прошлом преподавателем английского языка и переводчиком, достаточно амбициозным: он собирался поступить в Law School и в будущем стать американским адвокатом. Да, вдобавок ко всем его достоинствам, он проживал не так уж далеко от Нью-Йорка – в городе Филадельфии: около двух часов поездом.

Люся собрала воедино всю свою волю к победе, осколки филологического образования, эпистолярный шарм и ответила на призыв филадельфийца. Он оценил её писательские способности и анкетные данные. У них завязалась активная переписка. Обменялись фотографиями и номерами телефонов. Вечерами, после одиннадцати, пользуясь низким тарифом, долго болтали по телефону, и дело быстро продвигалось к встрече. Филадельфийца звали Серёжа. Прежде чем пригласить Люсю в гости, Серёжа задал ей коварно прямой и несколько бестактный вопрос:

– Каким мужчинам вы нравитесь, Люся?

Недолго думая, она чётко, лихо и нахально выпалила:

– Я нравлюсь всем мужчинам, ну, конечно, о вкусах не спорят… и бывают некоторые исключения! Просто далеко не все мужчины нравятся мне.

Поэтому пока нахожусь на рынке знакомств. Но, думаю, долго это не продлится. И вообще, я не так давно начала поиски… друга.

Сергей несколько опешил от такой женской самоуверенности, но, подумав, всё же оценил Люсин ответ положительно.

— Что ж, уверенность в себе — несомненное достоинство! Вы меня заинтриговали! Ну, раз такое дело, приглашаю вас в гости. Приезжайте ко мне в Филадельфию. Давайте… встретимся в субботу, пораньше, до ланча. Я покатаю вас по городу, покажу достопримечательности. Мы сходим пообедать в хороший ресторанчик. Переночуете у меня. Места много, две спальни, гостиная. Соглашайтесь!

Серёжино предложение показалось Люсе заманчивым.

И действительно, а почему бы ей не махнуть в Филадельфию? Совсем она тут в Бруклине засиделась. Познакомится с Серёжей, заодно и новый город посмотрит.

— Спасибо, Серёжа! Я, конечно, могу приехать, но есть одна небольшая проблема. (Или большая, смотря, как на неё взглянуть.) Мне абсолютно не с кем оставить ребёнка.

Люся слукавила. Она спокойно могла бы оставить Сашку на два дня с Тамарой. Сашка бы согласился, и Тамара бы не отказалась подзаработать. Ещё со времён эмиграции в Италии Люся ни разу с ребёнком на ночь не расставалась. Она панически боялась разлуки с сыном.

— Ну, что поделать! Конечно, лучше бы вам приехать одной, но можно и сыночка захватить. Сколько ему лет?

— Если точно, шесть лет и три месяца. Он уже ходит в первый класс.

— Так у вас совсем большой мальчик. Никаких проблем! У нас тут есть детский музей, в котором разрешается всё трогать. Так и называется «Please Touch Museum». Вашему мальчику будет там интересно.

Перспектива провести первую встречу с женщиной вместе с ребёнком отнюдь не улыбалась Сергею, но другого выхода не было.

Где же найти женщину за тридцать без прошлого и без ребёнка? Если такая и сыщется, то наверняка окажется проблемной или даже ущербной. Двадцатилетние красотки определённо не для меня. У них одна дурь в голове и никакого жизненного опыта. Эта возрастная категория отпадает напрочь! Женщина слегка за тридцать – это букет прекрасных качеств: ещё молода и красива (если была красива в юности), уже с жизненным опытом радостей и печалей и в самом расцвете ума (если Бог не обделил мозгами). Женщина с ребёнком – мать, значит, умеет любить, беречь и терпеть. Словом, да здравствует женщина за тридцать с ребёнком!

Сергей искал женщину не только без проблем, но воистину – «прекрасную во всех отношениях».

Наконец-то Люсина жизнь начинала приобретать элементы загадочности и разнообразия. Она еле дождалась конца недели, собрала сумку со своими и Сашкиными вещами. Всего немного, на два дня. Оделась по-дорожному: брюки и зимняя куртка-пуховик. Торопилась и даже платья выходного с туфлями на каблуках не взяла.

Зачем мне там наряды? Мы же по городу гулять будем, а днём зайти поесть в ресторан можно и в брюках.

Стоял январский день, странно тёплый и по-весеннему солнечный. Ранним субботним утром они поехали сабвеем в Манхэттен, там сели на поезд и отправились в Филадельфию. В поезде компании «Амтрак» было приятно: чисто, красиво, уютно и публика ехала приличная (интеллигентно-деловая), не то что в задрипанном, разукрашенном граффити нью-йоркском сабвее. Сашке такая обстановка очень даже импонировала. У мальчика был определённо хороший вкус.

– Thank God, we are back to civilization! (Слава богу, мы вернулись в цивилизацию!) – глубокомысленно изрёк шестилетний ребёнок.

Откуда он только таких выражений понабрался?

– Мам, а зачем мы едем в Филадельфию? У нас там друзья или родственники?

– Мы едем посмотреть город. Филадельфия – важная часть истории Америки. Там была принята американская конституция и Декларация независимости. Ты узнаешь об этом в школе. В городе – разные достопримечательности, музеи, памятники. Тебе понравится, обещаю. И… у меня в Филадельфии есть хороший знакомый. Его зовут Сергей, или Серёжа. Он нас встретит на вокзале.

– Этот Серёжа – твой новый бойфренд? – так, между прочим, спросил не в меру любознательный ребёнок.

– М-м-м… зачем же сразу новый бойфренд? Пока только новый friend. А что, ты против? Ты хочешь, чтобы мы сидели в Бруклине и никуда не ездили?

– Я этого не сказал. Поживём – увидим, – многозначительно произнёс Сашка, копируя взрослых. Люсе было не так-то просто с сынишкой. Он не по-детски часто смотрел в корень вопроса, и она терялась, не зная, как правильно и педагогично донести до ребёнка «взрослую» информацию.

На вокзале их никто не встречал. Люся растерянно смотрела по сторонам, пытаясь в разных особях мужского пола опознать Серёжу по фотографии. Никого даже отдалённо напоминавшего фотографию Сергея (симпатичного мужчину небольшого роста, лет сорока) не мелькало. Настроение портилось, не катастрофически, но всё же…

Плохое начало. Что делать? Разворачиваться и ехать обратно в Нью-Йорк не хочется. Всё же надо позвонить этому Серёже. Может, у него случилось нечто непредвиденное, неотложное, что помешало ему вовремя приехать на вокзал? Например, заболел зуб, спустило колесо или лопнула труба в ванной.

– Хелло, Серёжа? Это говорит Люся из Нью-Йорка. Мы с сыном приехали к вам в Филадельфию, как договаривались. Ждём на вокзале, а вы почему-то нас не встречаете. Вы что, передумали? Сначала пригласили, а потом испугались и решили лечь на дно? Дали задний ход? Не очень-то вежливо с вашей стороны.

— Да что вы, Люся! Простите, ради Бога! Мы друг друга не поняли. Я просто ждал вашего звонка. Я живу рядом. Сию же секунду ныряю в машину и через двадцать минут буду на вокзале. Сидите на месте в зале ожидания и не исчезайте. Умоляю!

Серёжа действительно очень быстро приехал. Они сразу друг друга узнали. Он оказался всего на полголовы выше Люси, рост которой был, как говорится, полтора метра с шапкой, правда без каблуков, поэтому она всегда носила туфли и сапоги на платформе. Сергей был отнюдь не худосочным и даже слегка полноватым. Светлый шатен без плешки, в очках, сквозь которые иронично взирали на мир зеленовато-карие глаза.

Ростом маловат, конечно, и неспортивной комплекции. Люся привыкла к крупным, широкоплечим мужчинам. Но, в общем, вполне комильфо, её, Люсин, московский человек из той жизни. Наконец-то Люсе повезло. Эпистолярный жанр сработал.

Сергею Люся весьма приглянулась, так как он сразу выдал следующую лестную для женщины фразу:

— Я теперь понимаю, почему вы сказали, что нравитесь всем!

— И почему же?

– Потому что и я – не исключение…

– Вот оно что… Значит, и вам я тоже понравилась, – Люся улыбнулась, пуская в ход своё главное орудие очарования – улыбку, и они поехали в ресторан на весьма поздний ланч.

Филадельфиец показался Люсе на редкость разговорчивым, чтобы не сказать болтливым: рассказывал о городе, об истории Америки и вообще обо всём понемногу – словом, развлекал гостей байками, как мог, не умолкал ни на минуту. Люся только успевала кивать головой и вставлять короткие одобрительные ремарки: «Как интересно! Как красиво! Как много вы знаете об Америке! Вы так широко образованны! Вы можете работать гидом».

– Угадали, Люся. Я готовлюсь к экзаменам и подрабатываю гидом, вожу экскурсии по городу.

Сашка, нахохлившись, молчал. Ему совсем не нравилось, что его мама кокетничает с незнакомым мужчиной.

– Ты чего надулся? – спросила она сына. – Мы едем в ресторан. Ты ведь любишь рестораны, правда?

– Только хорошие, самые лучшие, как тогда с дядей Володей, который приехал из Канады! Жалко, что он больше не приезжает, – безапелляционно заявил ребёнок.

Серёжа насторожился и приготовился слушать дальше. Но Люся не растерялась и немедленно прервала Сашкины воспоминания:

– Сашулик, ты что-то много лишнего болтаешь! – заметила она и закашлялась.

Сергей проявил редкую для нового иммигранта щедрость и повёл своих гостей в респектабельный итальянский ресторан. Сашка обожал лазанью, и доверительные отношения между Сергеем и Сашкой были налажены.

К вечеру они приехали к Серёже на квартиру. Квартирка была скромно, по-иммигрантски обставлена, но чистая и уютная, не холостяцкая берлога. Видно, здесь руку приложила женщина.

Кто: Серёжина мать или бывшая жена, а может, гёрлфренд, которая, скажем, на время уехала? Всё это надо выяснить.

Люся пока не стала зацикливаться на этом вопросе. По квартире, виляя хвостом, бегал салонно подстриженный пудель Артемон (видно, Серёжа любил классическую литературу) – весёлый и добродушный. Сашка поиграл с собачкой, намаялся за день, и Люся уложила его спать в гостиной на диване. Сергей позвал её на кухню поболтать.

И снова возник тривиальный вопрос: что делать дальше двум взрослым людям, которые в этот день впервые увиделись и почувствовали симпатию друг к другу? Серёжа для начала предложил выпить вина. Люся согласилась. Он потушил верхний свет, зажёг торшер, создавая обстановку ненавязчивого интима. Сработало. У Люси приятно закружилась голова, и она очень скоро, абсолютно банально и бездумно оказалась в Серёжиной спальне.

В практике науки страсти нежной у Люси был, в связи с несложившейся семейной жизнью и разводом, длительный перерыв. Она проявила скованность, пассивность и не сумела пробудить Серёжину нежность и изобретательность в любви.

А может, и пробуждать было нечего. Может, он просто, несмотря на высокий интеллект, высшее образование и светскость, оказался в сексе дубово-совковым примитивом? Не дано ему, просто не дано. Или… я сама виновата. Надо было захватить с собой красивое платье с вырезом, туфли на высоком каблуке, кружевное бельё. Может, он недостаточно возбудился? Никудышная из меня соблазнительница.

Словом, всё произошло очень быстро, прямотаки скоропалительно, отнюдь не изысканно, попростецки, почти без предыгры и оставило женщину грустно неудовлетворённой и размышляющей: как глупо и пошло! А главное – зачем? После неудачного сексуального эксперимента они разошлись спать по разным комнатам. Он-то выспался, а она проворочалась всю ночь, ругая себя за это скороспелое, стандартное сближение.

Господи, где же мой разум, где моя избранность? Харизматичного канадского Володю отвергла. Струсила. Доброго, порядочного, щедрого Семёна из Колорадо не допустила до своего тела. А с этим сексуально примитивным совком переспала. Я – такая же дура, как все бабы. Чувствую себя ужасно, просто омерзительно! Отравиться хочется… Слава богу, сегодня возвращаемся домой.

Наутро Серёжа угостил Люсю с Сашкой обильным завтраком, в меню которого входили яичница с помидорами и сырники со сметаной, приготовленные загодя его мамой. (Мама, оказывается, жила вместе с Серёжей, но, по случаю приезда гостей, была отправлена на ночлег к подруге.) Да, хорошая, всё понимающая, сговорчивая была у Серёжи мама.

Такую бы мне свекровь! – мечтательно подумала Люся. Только сам Серёжа после вчерашнего первого блина комом вызывал в ней отчуждённость и даже некоторое раздражение.

Первый блин – комом. И пусть этот блин будет последним! Лучше перейти на хлеб и воду, чем питаться такими блинами. Тут никакая начинка не поможет: ни сладкая, ни мясная.

Он суетился, чувствовал, что женщина разочарована, и хотел непременно загладить свою вину, хотя не вполне понимал, в чём же эта вина и почему Люсино лицо, ещё накануне такое оживлённое, приобрело кислое выражение.

– Что ты такая печальная, Людмила? Не выспалась?

– Да! Не выспалась. Понимаешь, незнакомая обстановка… Не обращай внимания! – Люся слабо улыбнулась.

– А я отлично выспался… после вчерашнего, – сказал Сергей, весьма довольный собой.

Ну, конечно! Ты же толстокожий эгоист! – подумала Люся.

После завтрака поехали осматривать городской музей изобразительного искусства, центр города с его историческими памятниками и детский Please

Touch (пожалуйста, трогайте) музей, от которого Сашка пришёл в полный восторг. Мотались целый день и только к вечеру собрались в обратный путь. Серёжа посадил гостей на поезд, и все облегчённо вздохнули.

– Я буду тебе звонить, – многозначительно пообещал он и чмокнул Люсю в щёчку.

– Да, конечно, звони и приезжай к нам в Бруклин. И спасибо тебе за чудесный приём, – с деланным энтузиазмом отчеканила Люся, как полагалось по правилам вежливости. А сама подумала:

Если ты не позвонишь, я уж точно плакать не стану. Раз ты ничего не понял, лучше совсем не звони. Ещё время на тебя тратить!

Ни красоты города, ни экскурсоводческие старания Сергея – ничто не могло сменить Люсин «суровый» приговор, вынесенный филадельфийцу:

Самодовольный болтун с высшим образованием и горе-любовник. Ничему не научился на Западе! А туда же, лезет знакомиться.

Приехали они в Манхэттен в полдвенадцатого ночи. Сели в пустой вагон сабвея, забились в уголок, и Люсе стало страшно. В вагон вошёл какой-то чернокожий парень в куртке с капюшоном, надвинутым на лоб, – типичный облик потенциального криминального элемента. Люся схватила Сашку за руку, и они в панике побежали по пустынным вагонам.

В первой половине восьмидесятых годов в Нью-Йорке, при мэре Коче, было довольно неспокойно. (А впоследствии, при мэре Динкинсе, и того хуже!)

Нападали и грабили прямо на улице, среди бела дня: вырывали из рук сумки, срывали с шеи золотые цепочки. А уж ночью в сабвее ехать женщине одной с ребёнком было настоящим безрассудством. Как уж она себя ругала за эту дурацкую поездку в Филадельфию, как молила Бога, чтобы всё обошлось и они без неприятных приключений вернулись бы домой!

Это всё – наказание за грех! – думала впечатлительная Люся, и вчерашняя ночь с тривиальным, ничего не значащим для тела и души сексом уже представлялась ей большим грехом, за которым последует неминуемая расплата.

Но небесные силы не были чересчур строги к Люсе, они услышали её мольбу: в вагонах неожиданно появились «красные береты» из гвардии «Ангелов-хранителей» Кертиса Сливы. Молодые, красивые, уверенные в себе и гордые своей благородной миссией, они синхронно, как часовые, вставали по двое у дверей каждого вагона и потом на остановках выглядывали наружу, осматривали, всё ли в порядке, нет ли нарушителей спокойствия. Под охраной «Ангелов-хранителей» Кертиса Сливы наши путешественники благополучно доехали до дома. Люся слышала и читала о них, но прежде никогда не встречала, а Сашка так прямо обалдел при виде мирных, безоружных хранителей городского порядка. Мама рассказала мальчику про Кертиса Сливу и его гвардию.

– Мама, мама! Когда я вырасту, я обязательно поступлю к ним в гвардию! Я хочу быть таким, как

Кертис Слива. Он – настоящий герой! – воскликнул мальчик. И Люся решила, что они всё же не зря съездили в Филадельфию.

Глава 13

Весна – лето 1979 года

Стоял месяц май. Десять дней в чистейшем, изысканном городе Вене, с парками, дворцами, особняками, памятниками старины и оперой, на фоне внесезонной жары и иммигрантской неустроенности не оставили у Люси приятных воспоминаний. Разместили Теплицких в гостинице «Данау», которая, по слухам, прежде была публичным домом. Маленькая узкая комната еле вмещала две кровати и раскладушку. На одной кровати спала свекровь, на другой – Люся с Сашкой. На раскладушке – Андрей. Убого, тесно, но всё же не палатка в лагере для перемещённых лиц.

Уборная была одна (для мужчин и женщин) на весь этаж. Душ был на другом этаже, зато в комнате имелась раковина, и можно было умыться. По дороге в уборную Люся неожиданно встретила Иру Г., девочку, которая училась в параллельном классе их школы. Люся еле узнала её. Брюнетка с длинной косой, постриглась почти под ноль и выкрасилась в блондинку. Но сия перемена была ей к лицу, и вообще, выглядела

Ира весьма довольной собой, эмиграцией и даже гостиницей «Данау». Люся разрыдалась от эмоций и бросилась Ире на шею. Та приняла Люсю в свои объятия довольно прохладно. Мол, ты чего? Что за сентиментальная дурь! Выяснилось, что Ира с мужем и шестилетней дочкой едут к брату мужа в Калифорнию. Он уже стал врачом, имеет свой офис. Их там ждут с распростёртыми объятиями. Место насижено. Жизнь хороша, и жить хорошо! Невольные Люсины слёзы и весь её печальный облик так отрицательно подействовали на Иру, что она не пожелала дальше общаться и попросту чуралась семьи Теплицких. А в школе была такая улыбчивая, доброжелательная. Вот что значит – разные слои и уровни эмиграции. И тут определились верхи и низы. Бедно одетая, измотанная Люся с полуторагодовалым ребёнком на руках не вписывалась в Ирин «высший» круг общения.

Не хочешь общаться, ну и чёрт с тобой, крашеная блондинка с великими планами на жизнь. Жаль только, что я разревелась перед тобой, показала слабинку. Катись в свою Калифорнию! Кстати, там, кажется, недавно было землетрясение. Тряханёт тебя разок, потеряешь весь свой лоск, – подумала мстительно Люся.

Сашкина нескладывающаяся прогулочная коляска, которую они привезли из Москвы (последнее «супергениальное» советское изобретение), была тяжела и неудобна для постоянных перемещений. Люся и Андрей решили её попросту выкинуть и рискнули купить отнюдь не дешёвую, но лёгкую и элегантную складывающуюся австрийскую прогулочную коляску, потратив на неё половину наличных денег. (Впоследствии она Сашеньке да и Люсе несколько лет верно служила. Как средство передвижения, продуктовая тележка и даже своеобразное пляжное кресло, в которое Люся впритык, но всё же втискивала свои похудевшие от тягот иммиграции габариты, пока Сашенька играл на песке.)

Увидев такое «безрассудно и даже преступно дорогое» первое заграничное приобретение, бережливая свекровь, естественно, расстроилась, рассердилась, завела себя на скандал и очень быстро пришла в ярость, ругая сына и невестку, «безответственных растратчиков», не последними, но довольно крепкими словами:

– Дураки безмозглые, бесхозяйственные растратчики! На черта вам сдалась эта дорогущая коляска? Могли бы и на руках ребёнка поносить! Не надорвались бы! Денежки надо приберечь, ведь мы не знаем, что нас ждёт, – распиналась она и в какой-то степени была права. Но у молодости и старости – разные понятия о первой необходимости.

В таком раздражённо-злобном состоянии Люся увидела свекровь впервые. Вдоволь накричавшись, Инна Абрамовна заявила, что не хочет иметь с ними ничего общего и забирает свою долю из семейного бюджета. «А то и эти деньги пропадут!» Потом на мгновение умолкла и выпалила совсем уже неожиданное: мол, Сашка – точно не её внук. Он – плод Люсиной прежней разгульной жизни (она и в Москве об этом догадывалась, но не хотела огорчать Андрея), и сей явный, неоспоримый факт вынуждает её официально отделиться от семьи сына.

В итоге Инна Абрамовна собралась ехать в Италию и Америку самостоятельно, как независимая от семьи сына единица, о чём и написала слёзное прошение в Хиас, обстоятельно, по пунктам обосновав своё заявление. Благо, как учитель русского языка и литературы, излагать на бумаге мысли умела. Сотрудники Хиаса, калачи тёртые, получали и не такие драматизированные письма от потерявших родную почву под ногами эмигрантов. Разумеется, они не одобрили её заявление, так как дополнительная одиночная семья означала для Хиаса лишние расходы и хлопоты. «Приедете в Америку и там разберётесь с вашей невесткой и внуком: кто кому родня». Таков был устный ответ чиновника Хиаса, а ответа в письменной форме Инна Абрамовна и вовсе не получила.

После «провозглашения независимости» в духе американской декларации, этакого коленца, отколотого свекровью, отношения между Люсей и Инной Абрамовной раз и навсегда испортились. Андрей принял сторону жены, так как сам же и выбирал эту злополучную коляску и за ценой не постоял. (Андрей не только не был бережливым, но привык разбрасываться деньгами. Видимо, потому, что сам не зарабатывал и брал деньги у матери. Люся тоже не знала цену деньгам, так как получала весьма символическую зарплату – один рубль в час – и жила за счёт родителей. Словом, в этом они были похожи. Хоть что-то их объединяло.)

Что касается отцовства, то сходство Сашки с фотографией Андрея в детстве было очевидным, и Андрей был абсолютно уверен, что это его ребёнок. Не в меру экзальтированная, расстроенная Инна Абрамовна тут явно погорячилась и дала маху. Андрей с матерью затеяли довольно громкую и совершенно непристойную перепалку. Особенно отличился Андрей: он отпустил все душевные и культурные тормоза, разошёлся и покрыл свою мать отвратительно смачным ненормативом уровня зэков и биндюжников.

Герои Бабеля отдыхали. У Люси участился пульс, что называется, отвисла челюсть, опустились руки и ослабели ноги. Она в эту перепалку матери с сыном благоразумно не ввязалась, хотя были поползновения высказаться и отвести душу. Люся ущипнула себя за руку (не снится ли ей эта сцена) и молча отвернулась, чтобы только не смотреть на Андрея. Она так и застыла, опустив голову, думая не в первый раз:

С каким чудовищным хамом я связала свою жизнь. Хорошо ещё, что полуторагодовалый Сашка не понимал русского мата.

Люся вдруг вспомнила, что, когда она встречалась с Игорем, ходила к известной московской гадалке-цыганке и та сказала ей странную вещь: «Не свою жизнь живёшь, девушка. Не те дороги выбираешь. Ничем помочь не могу. Такая твоя судьба! Но это через десять лет кончится. Ты поймёшь, ты почувствуешь…» Наверное, права была гадалка, но Люся тогда ей не поверила. Думала, что та просто болтает, наводит тень на плетень, чтобы придать весу и таинственности своим предсказаниям. А теперь так важно было уточнить, в каком году это было сказано и когда же пройдут проклятые десять лет, чтобы Люся смогла выбрать правильную, то есть свою дорогу.

Кажется, это было сказано в 1975 году. Значит, 1985 год будет решающим. Дождаться бы, разобраться в себе и не забыть о предсказании.

Люся злилась на Инну Абрамовну за скупость и глупость на грани с подлостью, но, когда Андрей открыл свой грязный рот, ей стало искренне, просто по-человечески жаль свекровь как мать и женщину. Получить такие мерзкие оскорбления от единственного любимого сыночка, которого она вырастила без отца и практически содержала последние два года, было проявлением беспредельной грубости и неблагодарности.

Раз он так обращается со своей матерью, то как он поступит со мной, если я ненароком ему чем-то не угожу?

Сразу вспомнила, как он, пьяный, обругал и ударил её после празднования Сашкиного дня рождения.

Обложит трёхэтажным, ударит, изобьёт или вовсе прикончит? Андрей – сущий мерзавец! Но он любит Сашку и не оставит ребёнка без матери. Что делать? Настучать на него в Хиас и, как свекровь, попросить отделиться? Бесполезно. Ничего из этого не получится. Я лучше помолчу пока. Ещё не время. Оставить всё как есть. Пути назад всё равно нет. Отпустить вожжи и предоставить судьбе идти своей немощёной дорогой. В

Америке не будет ни отца, ни матери, и никто не сможет защитить меня от безумного необузданного мужнина гнева.

Иммиграционная машина была запущена, и вернуться в Москву под крылышко родителей – затея абсолютно нереальная. Следовательно, надо было поступать не по велению сердца, а руководствоваться холодным рассудком. Людмила была молода, энергична, отходчива и обладала достаточной долей юношеского пофигизма и любви к жизни, чтобы надолго не зацикливаться на грустных мыслях.

Авось всё как-нибудь утрясётся, выровняется, сгладится, а если нет, что ж, значит, придётся с Андреем разводиться. В Америке, в конце концов, есть адвокаты и всяческие бесплатные службы для новых иммигрантов. А пока надо схитрить, затаиться, принять выжидательную позицию и не ссориться с мужем.

Постоянные разъезды по административным инстанциям Сахнута и Хиаса, перемена обстановки и напряг в семье не могли не отразиться на Сашкином поведении. Мальчик многое понимал своим детским умом, нервничал и часто ревел. Люся успокаивала его, как могла.

– Что мне делать с ребёнком? Ума не приложу, – спрашивала Люся пожилую польку, которая работала уборщицей в гостинице «Данау».

– А ничего не делай! Вырастет твой мальчик Вот тогда-то и начнутся настоящие проблемы. А сейчас – что! Поплачет – перестанет, – отвечала умудрённая опытом женщина.

Десять дней в Вене, прожитые в так называемой гостинице, кишащей тараканами, мухами, мышами и комарами, к счастью, пробежали довольно быстро, и Теплицких отправили на поезде через знаменитый Симплонский тоннель в Италию – для дальнейшего прохождения иммиграционной проверки и ожидания визы в США.

В туннеле был жуткий холод, вагон не отапливался, и Сашка, несмотря на то, что Люся завернула его в заранее припасённый плед, простудился. Ребёнок надрывно кашлял. Но как только они выехали из туннеля и попали на итальянскую землю, его простуда быстро прошла, настолько целительным было влияние яркого солнца и воистину небесного венецианского голубого неба. O sole mio! – вспомнила Люся.

Вот и всё, что они увидели в Венеции: голубое небо, солнце, вокзал и автобус, который потом вёз их через всю Италию на юг, в Рим. Само собой, что экскурсия по Венеции еврейским беженцам из Советского Союза была не положена.

Две недели они прожили на всём готовом в предместье Рима Казалотти – в роскошном пансионате с балконами, прохладным плиточным полом и дверными ручками цвета позолоты. Какой контраст с гостиницей «Данау»! Комната, в которой их разместили, сияла чистотой, обилием света и пространства. Обслуживали виллу хорошенькие, дружелюбно настроенные к беженцам молодые девицы, которые весьма неплохо говорили по-английски. Вилла в Казалотти казалась настоящим раем. В магазин за продуктами

идти не было надобности. Итальянцы приняли эмигранты на полный пансион. Завтрак, обед и ужин подавали расфасованными в упаковках из фольги, цел-
лофана и пластика. Еда была не слишком вкусной,
зато без готовки и в новинку. Словом, настоящий
санаторий, который, к сожалению, продлился всего
только десять дней. За это время все эмигрантские
семьи были обязаны подыскать себе другое жильё.

Пришлось шевелиться и срочно снимать комнату в курортном местечке Ладисполи на берегу тёплого Тирренского моря с пляжами из бархатно-чёрно-
го песка. (Был выбор: курортный городок Ладисполи
или рабочий пригород Остия. Решили в пользу Ладисполи, чтобы каникулы остались в памяти как истинно римские.) Повезло. Сняли комнату на последнем
этаже шестиэтажного дома с лифтом, в общей квартире вместе с семьёй врача из Ленинграда, Аркадия
Левина. Левин серьёзно готовился к сдаче экзамена
на американского врача, сидел над учебниками день
и ночь.

Андрей же не раскрыл ни одной книги: ни по
английскому языку, ни по медицине. Зато удивительно быстро выучился объясняться по-итальянски, с
ошибками, конечно, но итальянцы его понимали. Память и способности у Андрея были отменными, но
мешало абсолютное отсутствие усидчивости и без-
мерная лень.

Инна Абрамовна, со своей обожаемой собачкой
(невообразимая помесь пуделя с фокстерьером), намеренно поселилась отдельно от сына и невестки в

полуразрушенном доме барачного типа с выбитыми стёклами, дырявой крышей и полом, из щелей которого росла то ли трава, то ли мох. Там ютились ещё пять эмигрантских семей, и жилищные условия были, прямо сказать, сурово-походные. Лагерь для перемещённых лиц. Настоящая ночлежка! Один туалет на всю «воронью слободку» и одна грязная, покрытая вековой плесенью римской истории ванная комната, в которую тошнотворно было войти, не говоря уже о том, чтобы принять душ. Такое запущенное жилище в прекрасном Ладисполи было, возможно, одно единственное в своём роде. Но бережливая Инна Абрамовна ухитрилась его отыскать и поселиться именно там.

Со стороны свекрови это была не только экономия средств, но также намеренная показуха, игра, нацеленная на то, чтобы доказать Андрею и Люсе свою независимость. Ну, и бить на жалость окружающих эмигрантов. Вот, мол, «смотрите, соседи и собратья-эмигранты, какая я несчастная! Сын с невесткой меня выбросили на улицу, обделили, денег почти не дают, и я вынуждена жить в таких кошмарных условиях».

– Лживая старая сука! Когда-нибудь я её просто прикончу, – сказал Андрей, сплюнув на асфальт сигаретный окурок. Он до неприличия обнаглел, распоясался, почувствовал неограниченную свободу и безнаказанность «главы семьи» и перестал скрывать свои мысли и чувства. Люсю затрясло, ей захотелось забиться куда-нибудь в угол, чтобы только не видеть мужа и не слышать его грязную брань, и там, в углу, прижать к себе ребёнка и выплакаться всласть. Но инстинкт самосохранения, как и прежде, заставил её молчать.

Если хочешь выжить, надо уметь терпеть, ждать, верить и надеяться.

Она терпела и ждала благоприятного поворота судьбы. Люся не хотела верить в то, что уехала из Союза навстречу страданиям. Это было бы несправедливо, а она, в неполные тридцать лет, ещё не повидавши истинного горя, взращённая в тепличных условиях благополучной интеллигентной семьи, в начале эмиграционного пути упрямо хотела верить в высшую справедливость, романтическую любовь, happy end и … нереальность собственной смерти.

К счастью, Андрей не каждый день пребывал в состоянии психопатически необузданного гнева. Случались и просветы, когда он был настроен мирно, и они ходили на бесплатный грязноватый городской пляж, качались на мягких бирюзовых волнах, загорали на чёрном песке, катались на прогулочном катере и собирались вечерами с соседями на крыше, в так называемом пентхаусе, поедая блюда из курятины, помидоров и спагетти с сыром. И запивали всё это по сезону дешёвым итальянским вином, которое продавалось на розлив из бочек, как в Союзе квас.

Летние «римские каникулы» продолжались. Сашка подрастал. Где-то в год и семь месяцев он начал говорить. Его первое слово было «Тимка». Так звали кобелька Инны Абрамовны, которая, отделившись от «молодых», всё же не прекратила цивильных семейных отношений напоказ и иногда захаживала в гости. В широкополой шляпе с лентой и бантом, в тёмных очках, при сумочке – этакая церемонная дама с собачкой! Бедная, но благородная. О непричастности Сашки к роду Теплицких она больше не упоминала, но с ребёнком не возилась, не играла, просто игнорировала его присутствие. Вот такая еврейская бабушка.

Настоящий выродок, а не еврейская бабушка, – не переставала удивляться Люся.

Андрей Сашку любил, иногда даже выражал свою любовь словесным сюсюканьем, но ни разу не обнял сыночка, не поцеловал его. Погулять с сыном, покормить или переодеть – словом, освободить жену от круглосуточной материнской вахты хоть на полчаса – такое ему в голову не приходило.

Однажды Люся попросила Андрея посидеть с Сашкой, пока она сходит на почту получить письмо от родителей, которые писали ей в Ладисполи «до востребования». На что подвыпивший муж невозмутимо ответил и присутствия соседей не постеснялся:

– Отрасти себе х-й, Люська, тогда получишь свободу передвижения, – и расхохотался над своей отвратительной шуткой, откровенно и нагло. Соседи, уже немного узнавшие «драчливо-хамский» нрав Андрея, безмолвствовали. (Одному эмигранту Андрей уже успел набить морду.) Никто его не осадил, никто за Люсю не вступился. Джентльменство в эмиграции не практиковалось. Кому охота было влезать в семейные разборки! Того и гляди схлопочешь по физиономии. Каждый трясся за свою шкуру.

Люся тоже промолчала, просто отвернулась, глотая слёзы, взяла Сашку, погрузила его в австрийскую коляску, и они покатили по солнцу на почту.

Ничего! Скоро мы прилетим в Нью-Йорк. Там на мерзавца управа найдётся! Я ему всё припомню!

Ребёнок рос, как побег, неотделимый от материнского древа. Он был приклеен к материнской руке, юбке, душе, сердцу. Люся себе не принадлежала, и только ночью, когда Сашка засыпал, выходила на кухню и там, расслабившись, писала письма в Москву родителям.

Здравствуйте, мои дорогие!

Вот уже полтора месяца, как мы в Ладисполи. Это настоящий рай, если таковой существует на Земле. Устроились мы прекрасно, живём на последнем этаже шестиэтажного кирпичного дома с лифтом. У нас чудесные интеллигентные соседи, так что традиционные проблемы жизни в коммуналке отсутствуют.

Погода стоит великолепная. Каждый день мы вместе с Сашенькой ходим на пляж. Андрей отправляется на рынок и продаёт привезённые сувениры и вещи. У него это здорово получается, так что в деньгах мы не нуждаемся и можем себе позволить покупать хорошие продукты питания и даже летние вещи. Вот недавно купила себе модный обалденный сарафан с открытой спиной и летнюю маечку. Я не злоупотребляю солнцем, как ты, мамочка, просила, но всё равно загорела. И загар мне к лицу. Купаемся в море бесплатно на чистом платном пляже. Сидим на лежаках, и нас никто не прогоняет. Понимают, что мы иммигранты, сочувствуют. Всё-таки итальянцы – замечательный народ.

Сашенька больше не боится воды, и я делаю ему морские ванночки. Андрей меня любит, бережёт и во всём помогает: и продукты покупает, и вечером с ребёнком гуляет, чтобы я немного отдохнула от домашних дел. Инна Абрамовна ко мне хорошо относится, учит готовить вкусные полноценные обеды. Она обожает Сашеньку и очень переживает, если у него, не дай Бог, насморк или болит животик. Истинно еврейская бабушка. Так что вы, мои любимые, не волнуйтесь за нас с Сашенькой. У нас всё прекрасно, настоящие «римские каникулы». Мы уже прошли медицинские обследования, заполнили все необходимые анкеты и ждём приглашения на собеседование в американское посольство. Думаю, где-то через две-три недели нам дадут разрешение на въезд и постоянное жительство в США.

А как вы там без нас, как бабушка? Как здоровье? Я безумно скучаю по вам, мои любимые, но терплю, не плачу, так как не оставляю надежду, что, когда мы устроимся в Америке, вы всё-таки к нам приедете.

Передавайте привет тёте Наде, моей сестричке Машеньке и всем родственникам, которые обо мне спрашивают. Я их всех очень люблю, но у меня своя дорога.

Обнимаю вас и крепко целую. Ваша Люся.

Глава 14

Лето 1984 года

Филадельфиец Серёжа, несмотря на неудачный, тусклый, одноразовый любовный эксперимент с Люсей, всё-таки продолжал ей иногда названивать. Он собирался перебраться жить в Нью-Йорк, так как поступил в Brooklyn Law School (Бруклинская высшая юридическая школа), следовательно, цель его звонков была отчасти прагматичной – не только продолжить эпистолярно-телефонный роман в реале, но также найти временное пристанище в Бруклине. Люся для этой роли вполне подходила, но играть её не желала.

Нашёл дурочку! Будет у меня бесплатно жить, столоваться и ночами примитивно трахать. Нет, такое личное счастье мне не нужно!

Поэтому постепенно, негрубо (всё же он оказал им с Сашенькой гостеприимство и предоставил личную экскурсию по городу с заходом в музеи и ресторан) свела телефонные переговоры с Сергеем к минимуму, а потом и вовсе на нет. Карьерист, прагматик и совковый любовник Сергей, как и предыдущие кандидаты в бойфренды, не был героем её романа. Люся довольно подустала от бесплодных поисков избранника среди русских собратьев-иммигрантов и уже почти готова была переметнуться на рынок англоязычных холостяков (*а почему бы и нет?*), как ей снова попалось на глаза нестандартно, с претензиями на романтику, составленное русское объявление: «Ищу ту, одну единственную».

Люся прекрасно осознавала слащаво-пошловатый оттенок объявления, но ей было так одиноко, что, собрав остаток энергии и веры в удачу, с упорством искательницы клада в приключенческих романах, она всё же рискнула позвонить по предлагаемому телефону.

Того, который искал «ту единственную», звали Александром, но он стремился к американизации и величал себя Алексом. Алекс работал ювелиром и снимал (за почти символическую плату) комнату у старого иммигранта второй волны в северном районе Манхэттена Вашингтон-Хайтс. Где и на кого он работал, Алекс с Люсей так и не поделился.

Может, он и вовсе не имел отношения к ювелирному делу, но решил выбрать такой имидж. Ювелир – всё же не супер, не маляр, не слесарь и не таксист. Звучит деловито, фундаментально, с намёком на художественный вкус и хороший доход.

Приехал Алекс на первое свидание в кроваво-красной полуспортивной машине (без автоматического переключения скоростей), вполне элегантной, свежевымытой и даже новой, не «юзаной» (из иммигрантского лексикона).

На Люсю красный цвет действовал не совсем так, как на быка, но тоже крайне возбуждающим образом. Правда, она не испытывала желания бодаться (да и рогов у неё не водилось), но всё же… Люся предпочитала машины спокойной окраски: в чёрных, белых, тёмно-синих, светло-серых, бежевых, в крайнем случае – серебристых тонах.

Красная машина – это либо призыв юного водителя обратить на себя внимание, либо (если водитель уже не юн, а, скорее, зрел или перезрел) – претензия на вечную юность. Алексу (по тексту объявления) было тридцать восемь лет. Не мальчик, но муж, и Люся предположила, что *он, скорее всего, обделён вниманием окружающих и мечтает о более престижном положении в обществе. Стремиться к высокой цели не грех, а скорее – достоинство.*

Любитель красного цвета пригласил Люсю в недорогой ирландский ресторанчик (всё же не в Макдональдс) на ланч, и они довольно живо поболтали о погоде, природе и иммигрантской жизни. Потом он предложил прокатить Люсю на своей красной машине с ветерком по хайвею. У машины открывался верх, и Люсина причёска, над которой она трудилась всё утро, моментально встала дыбом. Но всё равно это были новые незабываемые ощущения, как в кино.

Люся сразу решила обойти англоязычное имя Алекс молчанием и стала называть своего нового знакомого просто, по-русски, без всяких претензий на ассимиляцию – Аликом. Он не возразил или сделал вид, что не заметил. Ехать по хайвею в обнимку с Аликом Люсе очень даже понравилось. Он одной рукой обнимал её за талию, другой – крутил руль. И был весь такой поджарый, аккуратный, чистенький, и пахло от него приятно – каким-то не раздражающим обоняние, похоже, фирменным лосьоном для бритья. Симпатичная внешность, ухоженные, хоть и несколько пошловатые усики, стройность фигуры – всё это привлекало Люсино женское естество. Алик плохо владел английским, зато грамотно говорил по-русски, что для иммигранта – неоспоримое достоинство. К тому же он с гордостью сообщил, что родом тоже из Москвы. И это, само собой, сближало.

А что? Он очень даже ничего: вполне, вполне. Пахнет приятно: видно, пользуется дорогим лосьоном после бритья. Приобщился к внешним атрибутам американской культуры. И усы ему к лицу. Кларк Гейбл в фильме «Gone with a wind»… Хватит уже мне за принцами гоняться. Да я и сама не принцесса, не кинозвезда, а пока что всего лишь помощник библиотекаря. Неплохо бы с ним ещё раз встретиться.

– Люся, можно я вам позвоню через неделю? Давайте поедем на пляж: Лонг-Бич, например, или Джонс-Бич. Это вам не Брайтон-Бич и не Кони-Айленд. Вы любите пляж?

– Люблю… но только в тени под зонтом. Звоните, конечно. Небольшая проблема: у меня сынишка шести лет, и в субботу мне его на полдня не с кем оставить. Сейчас он у подруги.

– Боже мой! Какие проблемы! Возьмём ребёнка на пляж. У меня самого сынишка в Москве. И вообще, я люблю детей. Мы с ним найдём общий язык. Уверен!

– Да? Прекрасно! Значит, договорились.

Ага, значит, у Алика в Москве семья или бывшая семья. Неудивительно, когда мужчине под сорок. Странно было бы, если бы у него не было семейного прошлого. Вполне нормальный, даже весьма харизматичный мужчина. Не интеллектуал, конечно, но интеллектуала Серёжу я уже забраковала – по другим соображениям. You cannot have everything (Всё иметь невозможно).

И Люся с Аликом стали встречаться. Он звонил ей чётко, как по расписанию, один раз в неделю, в пятницу вечером, и они договаривались о свидании в субботу. Потом он звонил ещё раз, в субботу утром, и говорил, что идёт в гараж за машиной. Это чтобы Люся не сомневалась и начала готовиться к его приезду.

Стоял конец июня, погода была жаркая, влажная, и они каждый раз отправлялись на дальние пляжи Лонг-Айленда. Брали с собой Сашку. Мальчик радовался поездкам в «красивой красной машине». Дядя Алик был всегда в хорошем настроении, добр, постоянно шутил, поглаживая свои усы, покупал ребёнку мороженое, и Сашка совсем не возражал против такого весёлого маминого бойфренда.

После пляжа они приезжали к Люсе домой, часов в пять вечера, усталые, разморённые от солнца, океана и двухчасового трафика, принимали душ и обедали, вкушая блюда, приготовленные ею загодя, в пятницу. Люся была не великая кулинарка, просто не по этой части. Но на борщ, котлеты, салат из свежих овощей и картофельное пюре её поварских навыков и кухонной фантазии хватало. Голодные Сашка и Алик охотно поедали всё, что было на столе. На третье пили чай с пирожными или тортом, купленными Аликом. Это был его посильный финансовый вклад в субботний обед.

Итак, Люся предоставляла в пользование себя, квартиру, обед и иммигрантский уют, Алик – тоже себя, средство передвижения, газолин и десерт. Всё делалось исключительно практично, экономно и на паритетных началах. Ни букетов цветов, ни ювелирных изделий ювелир Алик своей подруге не дарил.

А мог бы хоть колечко недорогое презентовать, хоть кулончик, хоть тонкую золотую цепочку или серёжки. Странно! Разорился на новую дорогую машину, а на подарки любимой женщине скуповат. (Наверное, не очень-то любит...) Ну, может, ещё подарит что-нибудь... Ведь это только начало нашего романа.

После обеда они недолго смотрели телевизор или слушали музыку, потом, часов в десять, укладывали Сашеньку спать и уходили в спальню. Надо сказать, что в то далёкое малоденежное время первых лет иммиграции у Люси ещё не было нормального спального гарнитура, достойного для совершения любовных утех, и её кровать, подаренная соседями, была весьма узкой, местами с проваленным пружинным матрацем. Но любовникам это не мешало, по крайней мере Алик на бытовые детали и боль в спине не жаловался.

У Люси уже несколько лет не было любимого, любовника, вообще мужчины. Одноразовый экспромт с

Серёжей из Филадельфии, разумеется, не в счёт. И женщина, естественно, несколько одичала в этой области.

– Лапуля, какая ты скованная! Расслабься, девочка! Доверься мне, и всё будет ОК!

Люсю ещё никто не величал так тривиально уменьшительно-ласкательно. Она слегка опешила, хотела было выразить своё недовольство подобным всеобъемлющим и одновременно безликим прозвищем, но, подумав, решила не омрачать их первой ночи.

Ладно, пускай называет меня «лапулей», если ему так нравится, но я уж точно не стану подстраиваться и величать его «зайчиком» или «котиком».

– Понимаешь, Алик, у меня давно никого не было, и я почти забыла, как это делается. Ты уж извини.

– Ничего, лапуля, это дело поправимое, – уверенно сказал Алик и принялся довольно успешно восстанавливать Люсины познания в науке страсти нежной. Алик был опытен в любви, его ласки, в отличие от филадельфийского Серёжи, не носили стандартно-примитивного совкового характера. Люся раскрепостилась, постаралась забыть Андрея и Серёжу, снова почувствовала себя желанной и желающей любовных утех женщиной. Ей было хорошо с Аликом, даже в качестве «лапули». Дни недели пробегали быстро в ожидании пляжа и дежурной любви по субботам.

Роман с Алексом-Аликом продолжался где-то месяца три, пока они не съездили в гости на шашлыки к Люсиным друзьям в Квинс. Погода в этот день была не пляжная, делать было особо нечего (музеи и выставки Алик не любил), но он всё равно поехал на шашлыки с явной неохотой, видимо предчувствуя грядущие проблемы. А Люсе очень хотелось познакомить Алика со своими друзьями Николаем и Оксаной, хотелось как-то расширить границы общения по уикендам, которое превращалось в рутину страсти нежной. Люся настояла на поездке. Они взяли с собой Сашку и отбыли в Квинс.

У Николая с Оксаной был небольшой домик, не отдельно стоящий, а часть длинной гряды домов. Весьма скромный – двухэтажный, деревянный, с задним двориком, огородом и садиком. При виде такого непритязательного, скромного частного жилища Алик фыркнул Люсе в ухо:

– Да уж! Лучше уж просто снимать квартиру, чем жить в таком курятнике.

– У тебя большие запросы, мой дорогой, пока не по чину. Когда накопишь на особняк или двухэтажное кондо в Манхэттене на Риверсайд-Драйв, не забудь обо мне, – сказала Люся, обидевшись за своих друзей. Алик понял, что его понесло не туда, и замолчал.

И тут Николай, сам того не ведая, совершил роковую ошибку, выпустив из дома псов. У них было целых три собаки: мать и два её взрослых отпрыска-кобелька. Старая сука, по причине злобного характера, содержалась взаперти в подвале и гостям не демонстрировалась. А кобельки отличались добродушным, игривым нравом. Они крутились вокруг мангала с шашлыками в ожидании подачек, ласкались к людям, доедали объедки и грызли косточки, виляя хвостами от удовольствия. Алик неожиданно оказался любителем домашних животных. Не разобравшись, что это кобель, а не сука (хотя все половые признаки собаки были в наличии), он начал гладить одного из псов, приговаривая:

– Лапуля моя! Хорошая! Хорошая!

Услышав знакомое прозвище «лапуля», на сей раз обращённое к домашней твари, Люся вздрогнула, как будто ей нанесли личное оскорбление. Она хотела что-то сказать Алику, отпустить какую-то ироническую ремарку, но её мыслительные способности дали тормоз. Он взглянул на неё, осознал свою оплошность, развёл руками и улыбнулся: мол, прости, дорогая, так уж вышло. А Люся надулась, не простила и забыть подобную моральную оплеуху и невольную идентификацию себя с собакой так и не смогла. Они не досидели до вечера: Люсин добрый настрой поедать бараньи шашлыки с луком и общаться был испорчен. По дороге домой Люся обиженно закусила губу.

Для него, видно, всё одно, что собака, что возлюбленная. И неизвестно, сколько у него ещё таких «лапуль», ведь приезжает он ко мне только раз в неделю. Да и звонит нечасто. Абсолютно гениально и беспроигрышно называть всех особ и животных женского пола лапулями. Так, на всякий случай, чтобы не перепутать имён. Здорово придумал! И вообще, что я знаю о нём, кроме того, что он – ювелир, живёт в

Вашингтон-Хайтс и у него в Москве – ребёнок? Он – тёмная лошадка. К тому же, мягко выражаясь, прижимистый. Пока так мне ничего и не подарил. А мог бы. Видит же мои стеснённые обстоятельства.

Люся покосилась на Алика и впервые за несколько месяцев знакомства отметила, что его усики а-ля Кларк Гейбл, над которыми он столько трудился, взращивая, подстригая, удобряя лосьонами, причёсывая и постоянно поглаживая, придают ему вид обычного бабника и дешёвого повесы. Люся старалась понять, что её связывало с этим пустым, расчётливым, жадным хлыстом. Абсолютно чужим человеком.

Да, он был умелым, ласковым любовником, и они понимали друг друга в постели. И только! Стоило слегка расширить границы общения, и «любовная лодка» села на мель.

Вытаскивать её в новое плавание у Люси не было никакого желания.

Какая же ты наивная дурочка, лапуля! Что заслужила, то и получила! – таков был Люсин приговор самой себе.

Алик привёз Люсю с Сашкой домой, запарковал машину и хотел, как всегда, остаться на ночь, но Люся сказала, что плохо себя чувствует и ему лучше ехать к себе.

– Что с тобой, девочка? – он теперь намеренно избегал слово «лапуля», чувствуя, что в этом злополучном, вроде бы ласковом прозвище зарыта собака Люсиного плохого настроения. Алик взял Люсю рукой за подбородок, заглянул ей в глаза.

Неужели прогонит? Вот так просто всё перечеркнёт? Из-за ничего! По прихоти. Своенравная девчонка.

– Ничего особенного. Просто я устала, и дико разболелась голова.

– Мы поднимемся наверх. Я тебя обниму: голова твоя и пройдёт, – улыбнулся Алик и погладил свои усы указательным пальцем правой руки.

– Не пройдёт! Сегодня мне понадобится другое болеутоляющее. Так что ты лучше езжай к себе домой. В следующий раз как-нибудь…

– ОК! Как хочешь, Люся, но, по-моему, ты сильно драматизируешь ситуацию, – ответил Алик, сознательно повторно избегая прозвища.

И тут Люсю прорвало:

– Ведь ты можешь меня называть по-человечески. Можешь. Но с «лапулей» тебе проще. Признайся!

– Не в чем мне тебе признаваться. Если тебе «лапуля» не нравится, могла и раньше сказать. Я бы перестроился. Я уже перестроился. Я, знаешь, понятливый.

– «Лапуля» – это так пошло, так унизительно, но я ничего тебе не говорила, так как не хотела портить наш альянс. Мне было хорошо с тобой. Но сегодня, когда ты меня, в общем-то, поставил на одну доску с собакой…

– Если я назвал кобеля «лапулей», это ещё ничего не значит. Ошибся я. А ты сегодня просто не в настроении. Но я-то остался прежним. Моё отношение к тебе не изменилось. Впрочем, если тебе сегодня любовь не по кайфу, я лучше действительно поеду домой или, может, заеду в бар, выпью пивка.

– И поезжай, зайчик!

– И поеду, Люся. Звони, когда успокоишься.

– ОК! А я абсолютно спокойна.

– Что-то не похоже. Тебе надо выпить валерьянки. Хочешь, съезжу на Брайтон в аптеку?

– Спасибо! Обойдусь.

– Ну… тогда пока!

– До свидания!

Алик уехал.

Наверное, он был в чём-то прав. Возможно, Люся сделала из мухи слона. Но маленькая назойливая муха жужжала и жужжала, и Люся никак не могла её прогнать. Алик понял, что перешёл некую грань дозволенного обращения с Люсей, допустил тактическую ошибку и наткнулся на глухую стену. Больше он ей не звонил.

Возможно, у него появилась ещё одна «лапуля» для секса и пляжа по уикендам.

Люся Алику тоже не звонила, вернее, как-то порывалась позвонить, но передумала, так как мириться первой и снова выяснять отношения было унизительно. Вот так неожиданно оборвался новый Люсин роман. Ей было всё же немного грустно и одиноко без Алика. Прошло несколько недель, телефон молчал. Воспоминания о приятной физиологии несколько притупились. Продолжать числиться в списке Аликовых «лапуль» Люся больше не захотела.

Что ж, придётся снова выставить свою кандидатуру на брачный рынок. Как же мне всё это надоело, и как мне хронически не везёт с мужчинами! Наверное, я что-то делаю не так. Я определённо что-то очень важное делаю не так. Неудивительно! Ведь я до сих пор живу не свою жизнь.

Глава 15

Лето – осень 1979 года

Т еплицкие прилетели в Нью-Йорк в середине августа 1979 года. Разместили их в огромном отеле Сент-Джордж, среди трёхэтажных браунстоунов и каменно-стальных высоток района Бруклин-Хайтс. Этот район считался весьма престижным, с кафешками, ресторанами, парком и променадом с видом на Ист-Ривер и Манхэттен. Старый отель неуклюже огромным монстром распластался на целый квартал и с внешней стороны был более или менее презентабельным, но внутри нуждался в капитальном ремонте.

Та часть отеля, где жили новоприбывшие иммигранты, была в особо плачевном состоянии. С потолка и стен номеров сыпалась штукатурка, по полу бегали тараканы, в раскрытые окна без сеток залетали мухи, комары и осы. Кондиционер, разумеется, был беженцам не положен. Слишком большая роскошь для людей без гражданства, паспортов и денег.

В эту первую бруклинскую ночь Люсе с Сашкой не очень-то и спалось. У женщины от пережитого сдали нервы, а ребёнок, который всю Австрию и Италию прожил, приклеенный к материнской юбке, тоже чувствовал напряг, так как их сердца бились в унисон. Люся, подремав часок-другой, открыла глаза где-то в семь утра, наткнувшись полусонным взглядом на облепленную дохлыми мухами и комарами тарелку-люстру. Простенький светильник был настолько неприглядно изгажен насекомыми, что Люся немедленно отвела глаза в сторону и увидела открытое настежь, низкое – аж почти до пола, – без решётки и сетки окно. «Господи! – всполошилась она, – ведь Сашка может проснуться, подойти к окну, и тогда конец». От этой мысли ей стало так жутко, что она немедленно вскочила с кровати, схватила ребёнка на руки и прижала к себе. Пока Андрей безмятежно похрапывал, уставший от бесконечного перетаскивания многочисленных монстров-чемоданов, Люся с Сашкой быстренько умылись, оделись, съели по яблоку, которые она всё же ухитрилась спрятать от вездесущей американской таможни, и вышли на улицу.

Было только восемь утра, а в воздухе уже чувствовалось скорое приближение удушливо-влажного августовского дня. Огромный отель Сент-Джордж с внешней стороны не казался таким уж отвратительным. Он просто занимал целый квартал и был необъятен, словно ещё один город в городе.

Люся посадила Сашку в прогулочную коляску, и они пошли и покатили по Кларк-Стрит к набережной на Бруклин-Хайтс. Набережная в этот ранний час уже бурлила своей рутинной каждодневной жизнью.

Молодые – и не очень – мужчины и женщины в шортах, майках и сникерсах пробегали утренний кросс. Мамаши и няни с колясками спешили выгулять малышей до полуденной жары. На лавочках сидели небольшими группами старички и старушки, о чём-то беседуя и громко споря. Среди английской речи Люся уловила несколько слов на идише и итальянском. Небо было покрыто утренней дымкой, сквозь которую лениво проглядывало мягкое солнце. Люся подошла к воде и залюбовалась видом на Манхэттен. Глаза её были широко раскрыты, ей не верилось, что кончились эмиграционные переезды и она наконец прибыла в самый настоящий Нью-Йорк. Боже, как он был величественно красив, этот город! Люся стояла у воды и, как заворожённая, глядела на Ист-Ривер и открывающиеся за ней небоскрёбы. Сашка, убаюканный ездой в коляске, тихо досыпал положенные ему часы. Молодая женщина, с восторгом смотревшая на Манхэттен, привлекла внимание пожилого американца.

– It is a beautiful morning! Isn't it? (Какое прекрасное утро, не правда ли?)

– Yes, it is! I will never forget this morning! (Да! Мне никогда не забыть это утро!) – воодушевлённо сказала Люся.

– You speak with a slight accent! Are you an immigrant? (Вы говорите с лёгким акцентом. Вы новая иммигрантка?)

– Yes, I am a very new immigrant. I came to the US this past night (Да, я совсем новая иммигрантка. Я прилетела в Штаты прошлой ночью), – с гордостью сказала Люся.

– Wow! Welcome to America! Good luck to you and your little angel! (Вот это да! Добро пожаловать в Америку! Удачи вам и вашему ангелочку!) – ответил пожилой американец.

Стоял август, самое жаркое время года в Нью-Йорке. То ли от жары, то ли от бытовой неустро-енности и зыбкой перспективы трудоустройства в долгожданной, но сразу разочаровавшей его Америке у Андрея начисто поехала крыша. Он совершен-но потерял над собой контроль. Всё ему было не то и не так. Прежде, в Союзе, Андрей ругал советскую власть. Это было в порядке вещей. Теперь, в Америке, осознав, что его путь не будет усыпан розами и ему, Андрею, придётся долго и упорно корпеть над учеб-никами, чтобы сдать экзамен на звание MD (доктор медицины), он стал поносить Америку, Хиас, NYANA (Нью-йоркская ассоциация для новых американцев) и еврейскую общину, которая «вместо того чтобы нам помогать, за людей нас не считает». Андрей уже орал не только на мать, но и на жену, если она попада-лась под горячую руку. Он позабыл, что в Москве на коленях клялся Люсе в любви и преданности и умолял ехать с ним в Америку.

Инна Абрамовна страдала желчекаменной болез-нью. У неё часто случались приступы, и она просила Андрея сделать ей болеутоляющий укол. Лекарства и шприц с иголками Андрей привёз из Союза. Он не отказывался делать уколы, но при этом страшно орал и матерился, не стесняясь жены и соседей за стеной.

— Что, опять нажралась какой-то дряни, старая п-да? — бесновался Андрей. — Как ты мне осточертела со своими приступами! Сколько раз можно говорить одно и то же! Сядь на диету, идиотка!

Однажды Люся не выдержала и попросила его «закрыть грязный рот». Это вызвало новую бурю гнева и оскорблений теперь уже в адрес жены:

— А ты вообще заткнись и не вякай. Кому ты здесь нужна? Я хотя бы уколы умею делать, а тебя даже на панель не возьмут. Тебе уже почти тридцатник. Перестарок, интеллигентка сраная.

— Я, между прочим, на панель не собираюсь. Я знаю английский и немецкий, мне хоть сейчас предлагают работу переводчика в NYANA. Было бы ребёнка с кем оставить. А ты только и умеешь материться, как ломовой извозчик, и к учебникам не прикасаешься. Ты просто патологический бездельник и хам. Ты мне омерзителен. Я с тобой обязательно разведусь. И очень скоро. Завтра же всё расскажу нашей ведущей в NYANA, — тут уже Люся забыла о разумной осторожности, вошла в раж, и её понесло.

— Ах, вот как? Ты, б-дь, со мной собралась разводиться? Я сейчас тебе такой развод устрою!

Он размахнулся и влепил Люсе пощёчину. Люся пушинкой отлетела в сторону, упала и беспомощно заплакала, по-бабьи завыла. Сидя на грязном полу отвратительного отеля, она оплакивала свою злосчастную судьбу, которая свела её с чудовищем в зиде

Андрея и загнала в капкан полной зависимости от него.

Ну, куда я пойду, одна, без денег, с маленьким ребёнком? Кому я нужна?

Люсе хотелось немедленно, сейчас же бежать в советское консульство и проситься обратно в Москву. А если они ей откажут, она покончит с собой – выбросится из окна – прямо из этого отвратительного отеля на раскалённый асфальт.

Люся представила своё тело, размозжённое на мостовой, и ещё сильнее зарыдала от жалости к себе. Потом она подумала о Сашеньке, о том, что его ждёт с такой «любящей еврейской бабушкой-вырождённкой» и бесноватым отцом, и поняла, что просто не может себе позволить уйти из жизни.

Конечно, ни в какое консульство Люся не поехала, понимая всю абсурдность и невозможность возвращения в Союз. Но первые месяцы пребывания в Нью-Йорке мысль о самоубийстве постоянно преследовала её. И каждый раз, когда она думала о смерти как о выходе из тупика, присутствие маленького Сашки, который нервничал и ревел, не понимая, почему папа так громко кричит и бьёт маму, а мама плачет, останавливало Люсю от этого рокового шага.

Ведущая дела Теплицких в организации NYANA сказала Люсе, что не рекомендует сейчас подавать на развод, так как все документы и денежные пособия оформлены на Андрея как на главу семьи. Переоформление документов займёт длительное время, а им надо уже подыскивать себе съёмную квартиру, съезжать из отеля и постепенно становиться на собственные ноги. NYANA не может их содержать вечно, ибо ограничена в средствах. И вообще, она посоветовала Люсе подумать, успокоиться и не горячиться: «В семье всякое бывает, особенно в период адаптации. Вы помиритесь с мужем, он окончит курсы английского языка, подготовится к экзаменам на MD, поступит в резидентуру и станет доктором. Доктор медицины в Америке – не только почётное звание, но и показатель высокого социального статуса и материального благополучия. У вас чудный ребёнок. Неужели вы хотите лишить вашего ребёнка такого перспективного отца?»

Да, ведущая была права во многом, кроме одного, самого главного: все её логически разумные рассуждения были не про Люсю с Андреем, ибо:

Я не смогу успокоиться, потому что Андрей никогда не прекратит бесноваться, никогда не выучит английский, никогда не станет доктором медицины и вообще никем не станет. Это ясно. Андрей – либо хам и хронический неудачник, либо просто психопат и безумец, либо и то, и другое вместе взятое. Да и где пролегает эта зыбкая грань между безумием и хамской натурой?

Люся поняла, что NYANA не поможет ей избавиться от Андрея и с разводом придётся обождать, запрятала свои эмоции и планы в дальний угол и смирилась со взрывоопасной ситуацией… пока.

Какое-то время они продолжали жить в отеле Сент-Джордж. С Андреем Люся почти не разговаривала. Он уходил из номера утром и возвращался поздно ночью. Говорил, что ездил по городу в поисках квартиры. Где он пропадал на самом деле и чем занимался, ни Люся, ни свекровь не знали. Люся и знать не хотела.

Она верила и не верила в Бога, но каждую ночь молилась, чтобы Андрей вообще не вернулся домой, чтобы его взяла хоть на временный постой какая-нибудь состоятельная женщина (ведь он был красив), чтобы на него напали хулиганы и хорошенько отдубасили, чтобы он оказался в параллельном мире зазеркалья, чтобы его похитили инопланетяне, чтобы он испарился вместе с августовской влагой, чтобы его забрали в психушку или в полицию, чтобы Люся никогда, никогда его больше не увидела.

Люся молилась и живописала картины, одну страшнее другой. Но Андрей был воистину indestructible (не разрушаем). Его не прибирал ни Бог, ни дьявол. Он не был нужен ни женщинам, ни хулиганам, ни инопланетянам, ни психушкам, ни полиции. Не испарялся и не ускользал в параллельные миры, и упорно под утро возвращался домой. А на другой день отсыпался до полудня. И всё начиналось сызнова.

Глава 16

1984 год

После окончания романа с Аликом Люся решила больше не просматривать объявления знакомств. Ничего путного и долгосрочного из этих авантюрных встреч не получалось. Пустая трата сил и времени, которого у неё для поисков личного счастья особо не было.

Люся оканчивала Институт Пратта, писала реферат и готовилась к последним экзаменам. Работала она тогда в третьей по счёту библиотеке, до которой добиралась двумя автобусами. (Чем дольше она работала в библиотечной системе, тем дальше от дома её переводили. А откажешься переводиться – прогневишь высшее начальство, и не видать тебе в будущем продвижения по служебной лестнице. Начинающим библиотекарям платили смехотворно мало. Хочешь бо́льшую зарплату, делай карьеру: сначала получи звание старшего библиотекаря – senior librarian, потом – руководящего – supervising librarian, а если очень повезёт, где-то перед пенсией можно дослужиться и до главного библиотекаря – principal librarian. Понятие «главный» в данном случае означало, конечно, главенство не во всей библиотечной системе. Principal librarian руководил определённым регионом, в который входила группа библиотек. Люся так далеко не заглядывала, но была в меру амбициозна, и уж очень хотелось ей выбраться из бедности, поэтому она почти на все переводы соглашалась.)

Иногда везло: автобусы подходили довольно быстро, и ей удавалось покрыть расстояние от дома до работы в рекордные полчаса. Но чаще всего второй автобус задерживался, и Люся стояла на остановке в нервном или покорном (по настроению) ожидании минут по тридцать-сорок. Стояла в любую погоду: в дождь и снегопад, в холод и жару, промерзая на ветру до костей или обливаясь потом от влажного зноя. Но долгое и неприятное ожидание транспорта с лихвой окупалось удовлетворением и радостью от новой работы, ибо в этом бранче (филиале) подобрался совершенно уникальный, удивительный коллектив сотрудников.

Самой яркой фигурой был заведующий библиотекой – Том Б. Тому шёл пятьдесят пятый год, с каждым днём приближавший его к желанной пенсии. Он служил на ниве библиотечного дела уже более тридцати лет и мог себе позволить рано уйти на заслуженный отдых. Том был нетрадиционной ориентации (что в Бруклинской библиотеке было характерно для половины мужского состава) и жил в Манхэттене с довольно состоятельным партнёром, который его поддерживал материально: попросту содержал. Но сотрудники любили Тома, как говорится, не за это. Лёгкий, подвижный, он птичкой порхал по библиотеке и помогал библиотекарям находить нужные книги и материалы для читателей. С сотрудниками не был строг и отдавал распоряжения походя, на лету, скорее пожелания и просьбы, чем приказы. В самый первый день Люсиного появления в библиотеке Том открыл ей дверь и сразу весьма своеобразно представился:

– Здравствуйте, Людмила! Рад вас приветствовать на моей территории. Меня зовут Том Б. Я заведую здешним балаганом, но никто меня всерьёз не воспринимает. Так что не волнуйтесь, расслабьтесь, у вас со мной проблем не будет. Гарантирую.

– Спасибо, Том! И у вас со мной проблем не будет. Гарантировать не могу, но постараюсь быть на высоте, – с готовностью пробормотала Люся, хотя была несколько смущена таким нестандартным приветствием босса.

У Тома в кабинете над письменным столом висел огромный календарь, в котором он радостно, с энтузиазмом и, можно сказать, чересчур рьяно зачёркивал каждый прошедший рабочий день, считая, сколько их осталось до наступления «вольготной жизни», когда не нужно будет рано вставать, спускаться в мерзкий сабвей и ехать в бруклинскую «деревню». Том был истинный патриот Манхэттена (с его музеями, галереями, Центральным парком и Метрополитен-оперой) и, кроме как на работу, в бруклинское «захолустье» не ездил.

Итак, Том отсчитывал дни, а коллектив тем временем долго и тщательно готовился отметить выход любимого босса на пенсию.

— Мы не можем устроить Тому обычные проводы на пенсию. Он заслуживает настоящего праздника. Это должно быть нечто сногсшибательное, единственное в своём роде мероприятие, которое запомнится нам и ему на всю жизнь. Такой спектакль, такое действо, которого в нашей системе никогда не было, не будет и в любом другом бранче просто невозможно провести, — изрекла старший клерк Франсин, женщина умная, неординарная, с фантазией, достойной постановщиков шоу в отелях Лас-Вегаса (кстати, поговаривали, что она была также нетрадиционной ориентации). — Мы будем праздновать всю неделю, пять дней подряд, и каждый день ставить новый спектакль. Я беру на себя сценарий и режиссуру, а вы будете моим актёрским составом.

Наконец наступила долгожданная феерическая неделя прощальных празднеств. Никто толком не работал. Франсин умела организовать и вдохновить народ. Назначала дежурных, которые должны были обслуживать публику. Остальные сотрудники участвовали в представлениях, происходивших наверху, в комнате отдыха. Каждые два часа дежурных сменяли, чтобы и они приняли участие в шоу. Люсе, взращённой на серой советской почве стандартных ресторанных банкетов с банальными речами и воспеванием достоинств будущего пенсионера в примитивных виршах и занудливых тостах, всё происходящее в библиотеке казалось цепочкой полуреальных красочных сновидений.

Понедельник финальной недели был задуман и инсценирован как день похорон Тома и церковной панихиды по покойному. Откуда-то приволокли трибуну, нарядили чернокожего клерка Джона в сутану, повесили ему на грудь увесистый крест, поставили стулья для прихожан. Под запись траурного марша Шопена охранник и уборщик торжественно, с каменными лицами, внесли в комнату сколоченный из фанеры, украшенный венками из искусственных цветов гроб, в котором якобы лежал Том. Сам виновник торжества сидел в первом ряду скорбящих (все были одеты в траурные одежды), разумеется, живой, здоровый и еле сдерживал хохот. «Священник» произнёс молитву и пламенную речь о том, что Бог нам даёт и забирает лучших представителей библиотеки и человечества и приходится с этим смириться. На всё его, Божья, воля. Скорбящие рыдали от смеха, а Люсе было вовсе не смешно и даже не по себе, так как она была по-русски суеверна и вечно боялась трагических последствий чересчур смелых действий. (Впрочем, печальные последствия не замедлили произойти.)

Второй день маскарада назывался «днём розовых ангелов». Все принесли с собой на работу розовые пижамы и ночные рубашки с бумажными крыльями, изображая небесных созданий, среди которых порхала душа новоприбывшего покойника Тома, своей праведной жизнью заслужившего рай.

Третий день вошёл в историю под названием «пикник на траве». В комнате отдыха постелили на пол зелёный синтетический ковролин а-ля трава, поставили садовые стулья и кресла. Кто сидел на стульях, кто – на креслах, кто лежал на «траве». Народ пил содовую, пиво и лёгкое вино, хотя административным уставом распивать алкогольные напитки в стенах библиотеки было запрещено.

На четвёртый день сотрудники устроили торжественный прощальный ланч с коронацией виновника событий. Заказали длинный (метровый) сэндвич (with everything), салаты, фрукты, пирожные, напитки. На Тома водрузили корону с фальшивыми драгоценными камнями, и его заместитель, гаитянин Филипп, произнёс прощальную речь, почему-то по-французски. Никто ничего не понял, но все согласились, что речь была особенно торжественной.

Напоследок организовали день открытых дверей. С утра и до закрытия библиотеки приходили и уходили разные люди, когда-то работавшие с Томом, или просто его коллеги по работе в комитетах и профессиональных объединениях, приносили цветы, открытки и подарки. К пяти часам вечера неделя торжественных вечеров (parties) закончилась. Из Манхэттена приехал сердечный друг Тома и увёз его прочь из библиотеки, вместе с короной, цветами и подарками. Бурное веселье перешло в печаль. Все сотрудники были серьёзно озабочены вопросом, кто же сменит любимого и неповторимого Тома у руля. С тех пор коллеги не видели Тома и ничего не слышали о его дальнейшей судьбе. Вроде бы он собирался переехать во Флориду.

После такой безумной недели все долго не могли прийти в себя, вспоминали детали прощания, рассматривали фотографии, смеялись. И вдруг совершенно неожиданно заболел чернокожий клерк Джон, тот, что играл в импровизированном похоронном спектакле священника. У него обнаружили бронхит, который потом перешёл в воспаление лёгких. Антибиотики не помогали, и Джона положили в городскую больницу под капельницу.

Коллеги несколько раз приходили его навещать, приносили фрукты, конфеты, сок. Всё это оставалось нетронутым. На визитёров надевали бахилы, халаты и марлевые повязки, хотя в американских больницах эти правила особо не соблюдаются. На Джона было страшно и больно смотреть. Красивый, ранее весьма плотный, спортивный молодой мужчина превратился в скелетообразное высохшее существо. Тёмная кожа лица сходила, отколупывалась, обнажая розовые пятна на плоти и серые выпуклости костей.

На визиты друзей и дары Джон пытался реагировать улыбкой, которая больше походила на гримасу. Сотрудники не знали, что и думать. Откуда такие жуткие симптомы? Какой страшной болезнью заболел милый, вежливый, добрый красавец Джон, любимец женщин, да и мужчин тоже? (Он не афишировал свою двойную ориентацию, но ходили упорные слухи.)

Неужели это та самая проклятая болезнь, кара за грехи, о которой пишут во всех газетах? Нет, не может быть. За что Джону такое наказание? Он же вроде… Впрочем…

Стоял 1984 год, разгар эпидемии СПИДа. Джон долго не мучился, сгорел за несколько месяцев. Промозглым февральским днём библиотека его хоронила. Джон был сирота. Его вырастила и воспитала бездетная незамужняя тётушка, сестра покойной матери. Отпевал умершего священник, очень похожий на самого Джона, когда тот ёрничал на весёлых псевдопохоронах Тома.

Ехали на кладбище длинной вереницей машин с горящими фарами. Плотными кольцами окружили свежевырытую могилу. Падал снег, засыпая отполированный гроб с венками из живых цветов, который выбрала и оплатила обезумевшая от горя тётушка Джона. Она стояла на ветру в старомодной фетровой шляпке с чёрной вуалью, из-под которой выбивались седые пряди волос. «Я говорила ему: Будь осторожен, мой мальчик! Бросай свои загулы. Найди себе хорошую девушку, женись. Не гневи Господа! Но он меня не слушал, не слушал, не слушал… И теперь я осталась совсем одна!», – повторяла она.

Люсе почему-то вспомнился тот, другой гроб из фанеры, с искусственными цветами.

Ведь только что были карнавальные псевдопохороны. И Джон был весел, изобретателен и здоров. Как жизнь нелепа и быстротечна!

Том на похороны Джона не приехал. Он уже был далеко от Нью-Йорка, вкушая пенсионные радости флоридского рая.

Зачем только Джон согласился играть эту дурацкую роль в богохульном представлении! Если бы он отказался тогда, может быть, ничего бы и не случилось. Провидение не прощает подобных экспериментов! – думала Люся, воспитанная в духе советской идеологии государственного атеизма с примесью народных суеверий. Остальные участники похорон – верующие христиане и иудеи – её размышлений, похоже, не разделяли. Американский менталитет отличается от эмигрантского: больше уверенности в своей правоте и меньше склонности к сомнениям.

Глава 17

1980 год

Прожив в отеле Сент-Джордж около месяца, они сняли недорогую трёхспальную квартиру в отдалённом районе Квинса – Фар-Рокавей. Инну Абрамовну NYANA от Андрея с Люсей так и не отделила. Люсе развод был пока «не положен», так что им пришлось, запрятав все противоречия и эмоции в дальний угол, продолжать жить вместе. Зато у каждого была своя комната, и после дорожных странствий и бытовых неудобств это был значительный шаг вперёд к нормальной жизни. (Если, конечно, жизнь новых иммигрантов можно назвать нормальной.)

Люся сразу заявила, что будет спать отдельно от Андрея в одной комнате с ребёнком. Она, как хищница, ринулась первой в квартиру и захватила самую большую спальню с отдельным туалетом и ванной (master bedroom), мотивируя тем, что их с Сашкой двое и ребёнка надо часто купать. Никто не возражал. Андрей хотел было что-то вякнуть на предмет семейного ложа, но передумал. Не до разборок было, кому с кем спать.

*Попробовали бы они возразить! Люся была реши-
тельно настроена бороться за свои права, пока хотя
бы в распределении жилплощади.*

За продуктами ходили в ближайший супермаркет все вместе. Андрей возглавлял это еженедельное
шествие, катил впереди себя большую тележку, срочно приобретённую для походов по магазинам и в прачечную. Обед готовили общий (экономили деньги),
но каждый жил своей личной внутренней жизнью,
строил на неё «великие» планы и чего-то ждал.

Инна Абрамовна ждала, когда ей исполнится
шестьдесят пять лет и она сможет получить благосло-
венный SSI (пособие по старости и бедности) вместе
с фудстемпами (талонами на продукты) и подать бумаги на субсидированную городом квартиру.

Андрей бегал по каким-то еврейским организа-
циям, размахивая своим абсолютно бесполезным
в Америке медицинским дипломом. Он прекрасно
знал, что без сдачи экзамена на MD или в крайнем
случае на медбрата он может претендовать только на
должность санитара. (И даже для этой, самой низкой, ступеньки медицинской лестницы нужно было
окончить краткие курсы и получить диплом.) Тем не
менее Андрей вообще не раскрывал учебники, часами смотрел телевизор (который купил на последние
деньги, сразу после переезда на новую квартиру) и
ждал, когда на него свалится, невесть откуда, непыль-
ная, хорошо оплачиваемая работа.

Люся наивно искала работу преподавателя русского языка и литературы и рассылала резюме по

всем колледжам и университетам страны, надеясь, что куда-нибудь всё же сможет устроиться, определит Сашку в ясли (nursery school), подаст на развод и избавится наконец от порядком опостылевшего ей мужа. У Люси не было диплома кандидата наук, что приравнивалось к американскому званию Ph. D. Поэтому её, кроме военных школ (в Калифорнии, Монтерее, и Северной Каролине, Форт-Брэгге), никуда не брали. Почему-то преподавать в военном заведении ей совсем не улыбалось. А зря. Может быть, нашла бы там надёжного, симпатичного американского майора или даже полковника и сразу устроила бы свою и Сашкину жизнь.

Обстановка дома была натянутой, но откровенной вражды никто не выражал. Свекровь и Люся заключили негласное, благоразумное временное перемирие, по принципу «худой мир лучше доброй ссоры», чтобы как-то определиться и выжить. Даже Андрей несколько притих. Он вечно где-то пропадал, и Люся подозревала, что он упорно искал и находил себе любовниц.

Андрей был высок, красив, стрелял зелёными глазами из-под благородно интеллигентных очков, ещё не успел отрастить живот и носил отлично скроенный, недешёвый костюм производства ГДР, купленный на деньги мамы и привезённый из Союза. Естественно, одинокие, да и замужние дамы на него летели, как осы на варенье. Люся предполагала, что некоторые даже соглашались с ним раз-другой переспать, но после короткого словесного и физиологического общения нельзя было не почувствовать его совково-примитивные сексуальные приёмы и навыки, духовную пустоту и затаённую агрессию, готовую вот-вот вылезти наружу в своём безобразно хамском проявлении. К тому же кошелёк Андрея был пуст, как и его духовный мир. Иметь бедного любовника могли себе позволить только состоятельные дамы. А в их круг проникнуть нищему новому иммигранту без связей, рекомендательных писем и талантов было практически невозможно.

В общем, на роль альфонса новоприбывший иммигрант Andrew Teplitsky, видимо, не подошёл, даже при выгодной внешности и в экзотической для американцев восточно-европейской упаковке, так как через несколько месяцев, когда молодые Теплицкие переехали в отдельную от Инны Абрамовны квартиру, он снова стал подбивать клинья к Люсиному телу. Перед Люсей возникла морально-этическая и физиологическая дилемма:

Сразу послать его ко всем чертям или иногда уступать, при этом продолжая плести паутину переговоров с бесплатным адвокатом о разводе. По принципу: фиг с ним, с мужем, пусть пользуется, лишь бы не дебоширил и не мешал её планам.

Люся выбрала второе, понимая, что поступает аморально и даже подло по отношению к себе и к Андрею. Муж был ей отвратителен. Она попросту торговала своим телом, обменивая его на спокойствие в доме. Так поступают многие жёны: от покорной безысходности и абсолютной зависимости от мужа или из хитрости для вынашивания своих планов на жизнь. Кто никогда не торговал своим телом в брачной постели, пусть первым бросит камень в нашу героиню.

Иногда Люся бунтовала, отказывалась от опостылевшего ей супружеского долга и запиралась в спальне вместе с Сашкой. Неудовлетворённый сексуально Андрей бесновался, ходил взад и вперёд по коридору, рычал, как тигр в клетке, пытался несколько раз выломать дверь:

— Подумаешь, филология хренова. Еб-ся всем надо. Будешь выпендриваться, сука, — возьму и придушу.

Люся молча дрожала, готовая в любой момент позвонить в полицию, но дверь не открывала. Ждала, когда расписиховавшийся муж успокоится, выкурит сигарету, выпьет пива, осоловеет и захрапит в гостиной на диване.

Один раз он всё же вышиб дверь, набросился на жену и стал душить. И придушил бы, если бы Сашка не заревел и не принялся бить папашу своими детскими кулачками. Андрей опомнился, отпустил Люсю и убежал на улицу проветрить мозги. Домой он в этот вечер не вернулся: ночевал у мамы. Инна Абрамовна к тому времени наконец-то отделилась от семьи сына, села на пособие и сняла себе студию по государственной программе для бедных.

Когда Люся пришла немного в себя, схватила Сашку в охапку и, как была, расхристанная, в халате и ночной рубашке, побежала к соседям. Соседи, Фрэн и Боб (молодая пара с тремя детьми), успокоили её, напоили ромашковым чаем и посоветовали форсировать дело с разводом. А для начала – обратиться в полицию и в суд для получения order of protection – бумаги, которая предписывала Андрею покинуть их общую квартиру и до особых распоряжений не приближаться к дому.

Гораздо позже Люся узнала, что в семье Боба и Фрэн имелись свои скелеты в шкафу. Мужественный красавец итальянского происхождения Боб был ветераном Вьетнамской войны, контуженный и отравленный каким-то газом. Всё это надломило его здоровье и, прежде всего, психику. Вернувшись с войны, он попал прямым ходом в психушку, где его слегка подлечили и выпустили в мир без профессии, но с небольшой пенсией по инвалидности. Женщины влюблялись в роскошного итальянца, не подозревая о состоянии его нервной системы. Само собой, Боб не сразу рассказывал им об инвалидности, озвучивая только один источник дохода – плату наличными за сезонную работу по установке кондиционеров. И вообще, недолго размышляя, Боб тащил понравившуюся ему женщину если не под венец, то в Сити-холл для регистрации брака. Хобби у него такое было – жениться и разводиться. Инициатором женитьбы оказывался всегда он, а на развод подавали жёны. До Фрэн была ещё одна жена и трое сыновей. Итого, плодовитый и женолюбивый Боб платил алименты первой жене с тремя мальчиками и содержал ещё одну с тремя девочками. Причина развода – агрессивность, доходящая до рукоприкладства. Первой жене Боб проломил череп и сломал нос. От тюрьмы его спасла инвалидность. Присудили принудительное трёхмесячное лечение в психиатрической клинике с последующей амбулаторной реабилитацией.

— Я не знаю, что на меня накатывает. Не могу сдержать гнев, как ни стараюсь. Это всё война проклятая, — как-то раз рассказал Боб Люсе свою печальную историю. Фрэн при этом присутствовала, молчала, терпела и думала о том, что, скорее всего, и её не минует чаша сия. (И не миновала. Через несколько лет Люся узнала от соседки, что Боб в очередном припадке агрессии сломал Фрэн челюсть. И она, буквально схватив в охапку трёх дочек, с одной только сумкой с документами и самыми необходимыми вещами, бежала во Флориду к родным. Боб не стал её преследовать. Для него это был просто ещё один развод. На очереди было лечение, реабилитация и жена номер три. Боб не выносил одиночества.)

К Люсиному удивлению, оказалось, что не только русские иммигранты, продукты Совка, поколачивают своих жён и подруг. Американцы также страдали этим недугом, причём независимо от расы и религии: белые, чернокожие, латинос, католики, протестанты, иудеи… И даже юридический термин определили для подобных преступлений – battered wives (избитые жёны).

Андрей понял, что для него всё это может плохо кончиться: посадят, и уже родная мама не спасёт. Несколько недель он жил у матери, а потом стал названивать жене и просить прощения. Люся его не простила, но всё же позволила вернуться домой с условием, что он поселится в гостиной и позабудет о том, что Люся – его законная жена, добавив, что уже подала на развод. Андрей сказал, что развод не понадобится, так как он никогда больше пальцем её не тронет.

Подобные обещания Люся уже слышала неоднократно и понимала, что балансирует на тонком канате, рискует своей жизнью и жизнью ребёнка, что пройдёт всего лишь несколько дней, неделя, максимум месяц – до следующего кошмара. Она металась и не знала, как поступить. Главной причиной её неуверенности было абсолютное отсутствие денег, беспросветная, жуткая бедность, одиночество и беспомощность.

Люся полностью зависела от мужа, который всё же что-то зарабатывал, после того как NYANA сбросила их семью с довольствия, и выдавал жене каждый день по нескольку долларов на хозяйство. Они как-то сводили концы с концами. Спасала низкая арендная плата за квартиру. Сначала Андрей устроился (по рекомендации соседей) на работу санитаром в дом престарелых. Проработал там несколько месяцев, что-то натворил или кому-то нахамил, как обычно, и его уволили без права на пособие по безработице, так как не хватило стажа.

Потом он какое-то время торговал орешками с лотка в Манхэттене и водил такси. В конце концов Андрей поступил работать грузчиком на фабрику за пять долларов в час (тогда подобный заработок не считался минимальным.) Андрей очень старался не раздражать начальство, не хвастался ни перед кем, что он в Союзе был доктором, и в итоге продержался на фабрике целых полгода. Затем нарочно выкинул какой-то финт, и его, разумеется, уволили. Получив желанное пособие по безработице, Андрей поступил на курсы подготовки к сдаче экзамена на медбрата. Около года он ездил на курсы, записывал кое-как лекции, но учебников почти не раскрывал и, конечно, провалил экзамен. На том его американское обучение и трудоустройство в Нью-Йорке завершилось.

Люся удивлялась, как он вообще смог окончить мединститут, пройти интернатуру и работать врачом в Союзе. У Андрея не было ни малейшей усидчивости и желания глубоко познать медицинские науки. (Он не понимал, что врач должен быть либо отличным специалистом, либо просто уйти из профессии.) Спасала хорошая память, а может, его учение было оплачено мамиными связями, деньгами и вымолено слезами. Только здесь, в Америке, в приступе откровенности свекровь рассказала Люсе, что она всю жизнь тащила сына на своём учительском горбу и спасала от дружков, врагов, наркотиков, алкоголя, девиц, жён, армии и даже тюрьмы, в которую он чуть не загремел дважды. Один раз за спекуляцию иконами: ездил по российской глубинке и скупал за копейки и реализовывал по высокой цене предметы культа. Другой раз – за пьяную драку.

Мать переводила нерадивого сыночка из института в институт, из города в город, и дело закончилось Чечнёй в Грозном, где он ухитрился на спор жениться (уже в третий раз) на чеченской красотке и тут же бросил её, чудом избежав кровавой мести родственников жены. Пришлось ему оставить работу в Грозном и срочно бежать в Москву. В Москве свекровь использовала свои мощные связи в суде, и Андрея заочно развели с женой. Вот тут-то Андрей встретил Люсю.

Если бы Люся знала тогда, в Москве, его авантюрно-криминальную подноготную, достойную сюжета голливудского боевика, она бы бежала от Андрея, как от чумы! Но от неё, блаженной дурочки, всё скрывали. Правда, она чувствовала интуитивно, что Андрея надо бросить. И ведь не бросила же, родила от него ребёнка и уехала с ним в Америку. Может быть, то, что она благодаря ему попала в Америку, было единственным судьбоносным добрым делом, которое он для неё сделал.

— Осточертело мне здесь, в Бруклине. Поеду-ка я в Калифорнию на автобусе. Там, в Сан-Франциско, живёт Ленка Ганина с родителями. И мама туда собирается. Помнишь Ленку, мы вместе были в Австрии и Италии? — изрёк как-то Андрей.

— Конечно, я помню Лену и её родителей. Милые, интеллигентные люди. У них свои заботы. Не думаю, что вы с мамочкой им там очень нужны. И не надейся!

— Ошибаешься! Мама уже договорилась с Ленкиными родителями, что я поеду их навестить, поживу там, посмотрю город и прощупаю почву. Она пока останется здесь и будет ждать моего звонка. Если всё сложится, как я хочу, мы все туда переедем.

— И как ты себе это представляешь? Уедешь, оставив меня без копейки денег? Мне даже за квартиру заплатить нечем.

— Ничего, справишься. Не развалишься! Пойдёшь подработать к старухе Минне по уходу, ну и вообще… Трояк в час всегда заработаешь.

— А Сашка? С кем я Сашку оставлю?

— Возьмёшь его с собой. Как-нибудь выкрутишься. Ты же у нас шибко умная. Филолог, бля, — хехекнул Андрей.

— А чем я буду платить за квартиру? Ты об этом подумал?

— Ну, не заплатишь пару месяцев за квартиру. Не бойся! На улицу тебя не выкинут. Здесь демократия. А потом переберёшься ко мне в Сан-Франциско.

Так я и поехала за тобой! Нашёл декабристку!

— Ну и чёрт с тобой. Катись, можешь совсем не возвращаться, — сказала Люся и подумала:

Тем проще будет добиться развода. Скажу адвокату, что муж меня бросил и уехал в неизвестном направлении.

И он уехал в Калифорнию.

Минна отнюдь не была типичной эксплуататоршей, сосущей иммигрантскую кровь. Так, одинокая, заброшенная детьми, полувыжившая из ума, несчастная еврейская старуха. Она особо не перегружала Люсю работой: просила иногда помыть пол, на ланч сделать яичницу, сварить макароны, вымыть посуду, вытереть пыль, сходить раз в неделю в прачечную и давала разные другие мелкие задания. (Главным для Минны было присутствие в доме человека, прислуги – на всякий случай, если случится непредвиденное.) Это всё было делать несложно и нетрудоёмко. Но у Минны было два существенных недостатка, которые Люся не могла вынести. Во-первых, она имела привычку звонить Люсе в шесть утра и кричать дурным голосом, демонстрируя певучую интонацию своих местечковых еврейских предков: «Люсья! Ты сегодня придёшь? Можешь приходить с мальчиком». Во-вторых, каждый раз она недоплачивала Люсе пару долларов, так как думала, что, если заплатит всю сумму, та в следующий раз может вовсе не прийти. А для Люси каждые несколько долларов имели большое значение. Она ходила к Минне исправно, каждый день, на два-три часа, тащила с собой ребёнка и терпела её мелкие местечковые хитрости. Шесть-девять долларов в день составляли весь Люсин доход. Надо было платить за квартиру, электричество, телефон и покупать продукты. О новой одежде для себя и сына Люся тогда не смела и мечтать. (Другого способа заработать у неё пока не было.) Правда, миловидная соседка Тоня, которая жила в Америке на год дольше Люси и имела рядом американскую тётушку, иногда подкидывала своей подруге почти новые вещи, которые ей слегка поднадоели. Люся принимала дары с барского плеча с великой радостью и благодарностью. Какая уж там, к чёрту, гордость!

Тоня не только дарила Люсе и Сашке одежду, но также, по причине более долгого проживания в Америке, уверенно учила подругу жить: в какое агентство обращаться по поводу работы, какой супермаркет не хуже других, но дешевле, в какой госпиталь везти заболевшего ребёнка, как быстро и недорого сварить обед из трёх блюд и т.д.

У Тони был муж Миша и две дочки-погодки, чуть старше Сашки. Иногда они снисходили до Сашки и принимали его в свою девчоночью игру. Тониного мужа Люся видела всего пару раз. Миша был намного старше Тони, молчаливый, хмурый, какой-то блёклой незапоминающейся внешности. Он вечно пропадал на сверхурочной работе. По словам Тони, она отбила его у первой жены, и они с Мишей «безумно любили друг друга и каждую ночь спали в два этажа».

Люся охотно выслушивала Тонины исповедально-любовные рассказы, но деталями своей супружеской жизни с новой подругой не делилась. Стыдно было, да и зачем. Общались они недолго, где-то меньше года: благодаря Тониным усилиям и понуканиям, Миша нашёл хорошую инженерную работу на севере штата Нью-Йорк, и они уехали из Бруклина. Тоня была счастлива и горда сей судьбоносной переменой в жизни.

— Всё! С русско-еврейским гетто покончено. Сюда я больше не вернусь! Прощай, Люся! Я буду тебе писать.

Мы все горазды давать обещания писать друзьям. Ни одного письма от Тони Люся не получила.

Видимо, Тоня была либо очень занята, либо очень счастлива. И слава богу! Люся радовалась счастью подруги. Хоть кому-то везёт в жизни. Любимый и любящий работящий муж, достаток в одноэтажной Америке.

Известная старая утешительная поговорка гласит: Господь даёт человеку терпеть ровно столько несчастий и невезений, сколько этот человек может вынести. Стояло жаркое лето 1980 года. Квартира Теплицких находилась на последнем этаже, прямо под крышей, и к полудню сильно нагревалась от солнца. На кондиционер денег, само собой, не было. Сосед Лёва, доброй души человек, приволок им откуда-то с улицы огромный оконный вентилятор, и это было воистину благое дело. Вентилятор ревел, крутя мощными лапами лопастей, засасывая воздух с улицы, и прогонял его через раскрытые двери по всей квартире. Под этот спасительный рёв и сквозняк можно было жить и спать. Своеобразная колыбельная песня. Надо было только следить за тем, чтобы любознательный ребёнок не засунул пальчик в вентилятор.

Сашка простудился на сквозняке, заболел бронхитом, и Люся больше не могла его брать с собой прислуживать Минне. Старуха несколько раз будила Люсю в шесть утра, Люся отказывалась к ней идти, объясняя, что ребёнок болен. Минна подождала Люсю пару дней и нашла себе другую прислугу, благо в иммигрантках, желающих заработать, нехватки в округе не было.

Деньги закончились. У Люси в кармане осталась всего одна жалкая долларовая бумажка, которую она рискнула потратить на лотерейный билетик. И тут случилось маленькое чудо. Лотерейный билет выиграл целых пятьдесят долларов. Люся пошла в супермаркет и накупила кучу продуктов, отдаваясь на волю своих желаний и фантазии. А на следующий день ей позвонили из агентства по трудоустройству и сообщили, что есть место клерка в Бруклинской публичной библиотеке. Согласна ли она пойти на интервью? Господи, конечно же, она согласна!

Вот оно. Неужели на моей улице наконец-то наступит праздник?

Перед интервью Люся то ли простудилась, то ли заболела гриппом. Поднялась температура, одолевали насморк и кашель со всеми неприглядными внешними признаками от головной боли до опухшего лица, которое нужно было представить для интервью в приличном и даже привлекательном виде. Она нафаршировалась всевозможными таблетками и намазалась мазями, припудрила лицо, водрузила на нос дымчатые очки, чтобы прикрыть опухшие глаза, и решительно поехала сабвеем в центральное здание Бруклинской публичной библиотеки.

Несмотря на Люсин всё же болезненный вид, почти безупречный английский язык с британским акцентом (которому их учили в Союзе) и диплом МГУ произвели хорошее впечатление на кадровичку, и женщину приняли на работу. Зарплату положили смехотворную, восемь тысяч долларов в год, зато со всеми льготами (больничными днями, отпуском, праздниками) и медицинской страховкой для семьи.

Люся была бесконечно, неописуемо счастлива. Особенно когда узнала, что ей предстоит работать в районной библиотеке «Джамейка-Бей» – через дорогу от дома. Следовательно, она сможет не так рано вставать, экономить на транспорте и бегать домой на ланч. Итак, судьба её была решена.

Поручив ребенка, которому уже исполнилось к тому времени три года, соседке Сонечке, добрейшей грузинской еврейке лет пятидесяти, Люся отправилась на работу в библиотеку. Её непосредственная начальница, старший клерк, красивая, моложавая, модно и ярко одетая дама по имени Роуз (сокращение от экзотического имени Розамунда), приветствовала Люсю по-американски широкой улыбкой «чи-из» и позвала в офис для дополнительной беседы. Первый вопрос Роуз поверг Люсю в состояние недоумения и слегка повеселил:

– Я слышу, что вы хорошо говорите по-английски, но умеете ли вы читать и писать на нашем языке?

– Умею! – ответила Люся со всей серьёзностью, едва скрывая улыбку. – Я вполне свободно читаю и пишу на вашем языке, в том числе и на других иностранных языках: например, немецком и французском. Да, ещё владею латынью. У меня степень магистра романо-германской филологии. Я предъявляла свой диплом в отделе кадров (human resources).

– Да, но в таком случае у вас слишком высокая квалификация для нашей простой работы. Вам бы устроиться преподавателем в колледж или, на худой конец, учителем в среднюю школу, – резонно заметила Роуз, и её нарисованные тонкие брови подпрыгнули к серебристой чёлке.

– Ну, может быть, потом когда-нибудь я и устроюсь работать преподавателем в колледже, а пока что меня работа клерка вполне устраивает. Я люблю иметь дело с людьми и книгами. И именно такая работа войдёт в мои прямые обязанности, не так ли?

Подобный ответ успокоил и вполне удовлетворил Роуз. Она опустила брови, кивнула головой, произнесла итоговое «ОК!» и указала Люсе её рабочее место за одним из письменных столов в комнате для сотрудников.

В состав работников библиотеки входили ещё два клерка (громкие, несколько экзальтированные дамы средних лет – София и Мэрилин), а также заведующая библиотекой Мэри (которая была в то время в отпуске), её заместительница – старший библиотекарь Салли, «взрослый» библиотекарь Анна (украинка из второй эмиграции) и детский библиотекарь Майкл. Прикреплены к филиалу «Джамейка-Бей» были также уборщик, двухметровый молодой парень Скотт (который говорил басом, соответствующим его габаритам), и охранник Джимми. В общем, это был довольно расширенный штат для такой с виду маленькой библиотеки. «Они здесь, наверное, не перетруждаются», – с надеждой подумала Люся. (Она ошиблась, так как даже не представляла, сколько может быть дел, обязанностей и разновидностей работ, необходимых для нормального функционирования такой вот американской районной библиотечки.)

Все сотрудники прониклись сочувствием к Люсиному статусу новой иммигрантки и отнеслись к ней с пониманием и сопереживанием.

– Вот пишущая машинка! – сказала Роуз. – Вы умеете печатать?

– На скорость печатать я не смогу, но медленно умею… без проблем.

– Это хорошо. На скорость нам не надо. Главное, чтобы без ошибок. Молодой человек, который работал на вашем месте, пытался тыкать по клавишам пишущей машинки карандашом. Как вы догадываетесь, он не выдержал испытательного срока и был уволен, – многозначительно сказала Роуз Люсе в назидание, чтобы та осознала всю ответственность первых шести месяцев испытательного срока.

– Ну, я постараюсь справиться. Во всяком случае, варварски стучать карандашом по клавиатуре пишущей машинки не буду, – отшутилась Люся.

Потом был ланч, и Люся полетела домой что-нибудь перекусить и проверить, как там Сонечка управляется с Сашкой.

Библиотека открылась в час дня. Роуз сразу поставила Люсю на выдачу, наскоро показав, что надо делать. А делать нужно было следующее. Читатели подходили с кучей книг, которые хотели взять на дом. Книги подразделялись на три категории: взрослые, детские и взрослые с оплатой по десять центов в день – из дополнительной платной коллекции. Каждой категории книг соответствовала карточка особого цвета с датой возврата материала. Нужно было правой рукой очень быстро взять у посетителя библиотеки читательский билет, положить его перед фотоустройством, затем последовательно открыть каждую книгу на последней странице, вынуть из кармана книги белую карточку с названием и автором, положить лесенкой поверх читательского билета, чуть ниже, потом добавить ступенькой ещё ниже карточку определённого цвета с датой возврата книги и, ударив ладонью левой руки по рычагу фотоустройства, запечатлеть всю эту трёхэтажную трансакцию на фотоплёнке. То же самое нужно было проделать с каждой книгой каждого читателя. Стоял 1980 год. Компьютеры в американских библиотеках только зарождались. Бруклинская публичка была в этом смысле одной из отстающих в стране. Квинсовская библиотека, с которой они вечно соревновались, уверенно лидировала в сфере компьютеризации и автоматизации.

Роуз поставила Люсю на выдачу книг на целых два часа, хотя норма, как потом выяснилось, была полтора часа. По-видимому, ей хотелось проверить новую сотрудницу на сообразительность и физическую и моральную прочность. К концу второго часа Люся уже слабо соображала, какую карточку куда надо было класть, и, словно робот, стучала левой рукой по рычагу фотоустройства. Голова гудела, левая ладонь дико разболелась и опухла с непривычки от постоянных ударов о рычаг.

У финиша своей «вахты» Люся только молила Бога, чтобы не грохнуться в обморок. Но судьба была к ней в последнее время милостива. В обморок она не упала, с достойным видом и внутренней дрожью, известной только ей одной, закончила выдачу книг и влетела отдышаться и перекусить в комнату отдыха, которая также служила столовой. Здесь всё было приспособлено для удобства сотрудников: стол сс стульями, диван, электрическая плита, тостер, кухонные шкафчики с посудой и холодильник. Условия для работы членов профсоюза (а ими были все сотрудники библиотеки, кроме Люси, клерка на испытательном сроке) были чётко оговорены в рабочем контракте.

В столовой сидел Майкл, листал журнал «Плейбой» и жевал яблоко. Увидев Людмилу, он попытался прикрыть красочно-эротическую страничку журнала салфеткой. Но Люся всё же заметила эту его попытку и понимающе улыбнулась, мол, не выдам. Что же детскому библиотекарю нельзя почитать литературу для взрослых?

– Ну, как прошло боевое крещение? Вы очень устали? – сочувственно спросил Майкл.

– Если честно, да. Ну, ничего. Это только начало. Я справлюсь.

Майкл был чрезвычайно добрым, немного странным, неженатым парнем лет тридцати. Люся так и не разгадала, к какой он принадлежал ориентации. Он стал детским библиотекарем по призванию, так как любил ребятню и во время программ для самых маленьких и школьников увлечённо рассказывал своим юным клиентам всякие байки и сказки и даже фокусы показывал. Дети его обожали. Сотрудники относились к нему несколько снисходительно, как к большому ребёнку. Впоследствии Людмила и Майкл подружились. Майкл оценил её трудолюбие и целеустремленность и однажды изрёк:

– Думаю, что через лет этак пять-шесть ты будешь работать моим супервайзером.

Люся тогда только посмеялась над столь химерической перспективой.

После брейка Роуз поручила Люсе оформлять периодику. Это было довольно интересное занятие, так как через Люсины руки проходили все журналы и газеты, которые выписывала библиотека. Можно было украдкой просмотреть какой-нибудь журнал, *Vouge* или *Ladies' Home Journal*, и пробежать глазами приглянувшуюся статейку, например, о том, как правильно жить, чтобы быть счастливой, вкусно и полезно готовить, как воспитывать ребёнка, а заодно и нерадивого мужа – словом, любую статью на тему how-to. Всё это было Людмиле, бывшей советской женщине, в диковинку, и она кайфовала над периодикой.

Но Люсино блаженство продолжалось недолго. Ровно в три часа дня в библиотеку буквально вломилась толпа школьников и родителей с детьми разного возраста. Вся эта пёстрая, многоголосая толпа гудела, галдела и чувствовала себя в стенах библиотеки весьма вольготно. Ну, хоть святых выноси! Люся, привычная к советским библиотекам, в которых было слышно, как муха пролетит, пришла в сильное недоумение и, можно сказать, в состояние культурного шока. Её беспомощный взор упал на охранника, который почему-то спокойно стоял у входа и ничего не предпринимал, чтобы погасить эту «взрывоопасную волну демократии и свободы» без берегов. Только когда кто-нибудь из расшалившихся детей громко ругался ненормативом или швырял в другого ребёнка книжкой, охранник подходил к нарушителю покоя и строгим голосом приказывал ему выйти вон подышать свежим воздухом и не возвращаться до завтрашнего дня. (Для того чтобы запретить проблемному ребёнку посещать библиотеку на более долгий срок, требовалось специальное решение библиотечного отдела охраны и безопасности.)

Так прошёл Люсин первый трудовой день в американской районной библиотеке. Впоследствии она постепенно привыкла к различиям между советской и американской системой публичных библиотек и очень скоро то, что в первые дни её повергло в состояние недоумения, возмущения или восторга, начала воспринимать как само собой разумеющиеся особенности, факты, нюансы.

С читателями у неё сложились отношения самые корректные. Большинство посетителей библиотеки восприняли Люсю просто как одну из клерков, не выделяя никак и ничем. Некоторые же, весьма любознательные, услышав Люсин лёгкий акцент, сразу спрашивали:

– Откуда вы приехали?

– Из России, город Москва, – отвечала она не без гордости.

– Ой! Там, наверное, очень холодно! – восклицали они, поднимая глаза к потолку.

– О да! – восклицала Люся в ответ. Не хотелось их ни в чём разубеждать. Да и зачем?

– Сегодня мы займёмся оформлением списанных книг, – сказала Роуз, вводя Людмилу в курс дальнейших обязанностей клерка. Она подвела Люсю к двум библиотечным тележкам, до отказа нагруженным книгами, которые необходимо было списать. Книги выглядели, с Люсиной точки зрения, прекрасно: нестарые (всего лишь годичной давности) нерваные, немятые. Любитель Книги с большой буквы, прочно сидевший в ней с детства, конечно, не выдержал такой «откровенной бесхозяйственности и разгильдяйства» и подал тихий, но возмущённый голос:

– Хорошие книги, Роуз. Можно узнать, зачем их надо списывать?

– Дело в том, что эти книги уже прошли пик своей популярности и циркуляции. Теперь они будут стоять на полках мёртвым грузом. Библиотека не резиновая. К тому же мы каждый день получаем новые поступления. Книгохранилища у нас нет. Поэтому всё, что устарело и плохо циркулируется, мы сначала списываем, потом или выбрасываем на помойку, или продаём нашим читателям по низкой цене: двадцать пять центов за книгу в мягкой обложке, пятьдесят центов – за книгу в твёрдой.

– Книги – на помойку! – из Люси вырвался естественный возглас негодования. Опомнившись, она уже более спокойно добавила: – Жаль, что вы не отправляете списанные книги в другие страны, например в Советский Союз. В Союзе настоящий книжный дефицит и даже голод, – внесла она деловое предложение. Роуз засмеялась и игриво посоветовала Люсе послать об этом меморандум директору Бруклинской библиотеки. Осознав всю абсурдность этого рацпредложения, Люся тоже рассмеялась.

Прошло две недели. Мэри, заведующая библиотекой, вернулась из отпуска. Мэрилин говорила, что Мэри – святая. Святая или нет, но заведующая была чрезвычайно добрым, отзывчивым и дальновидным человеком. Увидев Люсины старания на работе, а также оценив университетское образование, она сразу решила женщине помочь. Мэри обратилась в отдел кадров и выхлопотала для Люси должность помощника библиотекаря (librarian trainee) при условии поступления в Высшую библиотечную школу. Так что работать клерком Люсе пришлось каких-то полгода. Потом она поступила в Институт Пратта на программу для получения степени магистра по информатике и библиотечному делу (Master's Degree in Library and Information Science).

Когда через несколько месяцев из Калифорнии вернулся Андрей, как побитый ободранный пёс, разочарованный, потный и грязный от дальней дороги через всю Америку на автобусе, Люся была уже на коне, получив работу помощника библиотекаря. Сашку она отдала на полдня в ясли. Остальные полдня за ним взялась присматривать (всего за один доллар в час) Сонечка.

Андрей теперь смотрел на жену, что называется, с уважением. Перед ним была уже не та забитая, замотанная, несчастная, вечно в одном и том же платье или джинсах, зависящая от его прихотей и кулаков женщина. Презрительным, залихватским жестом Люся вытащила из кошелька новенькую десятку с первой зарплаты, протянула ему и сказала:

— На, держи! Это тебе на пиво, сигареты и приличный лосьон для бритья. Ну и видок! Как будто тебя долго жевали и выплюнули. Прими душ, побрейся, отоспись и постирай свои вещи. Ты воняешь, как бомж. Рядом с тобой противно находиться. Разговаривать будем завтра.

— ОК! — только и смог он вымолвить и покорно пошёл приводить себя в порядок и отсыпаться. А Люся села писать очередное письмо родителям

Дорогие мои!

Простите, что я так редко вам пишу. Понимаю, как вы ждёте мои письма, но писать чаще, чем раз в месяц, у меня не получается. Да и не хотелось огорчать вас, нагружать моими проблемами. Иное дело теперь. Всё переменилось к лучшему. Я наконец-то нашла отличную работу в публичной библиотеке, прямо возле дома. Зарплата не такая большая, зато много бенефитов: отпуск аж четыре недели, целая куча праздников, больничные дни, медицинская страховка, профсоюз и другие блага. Вот вам и капиталистическая Америка!

Начальство ко мне благоволит, сочувствует моему новоиммигрантскому статусу, работой не перегружает. Да и сама работа приятная: с книгами и людьми. Если захочу, можно потом будет доучиться, получить степень магистра по информатике и сделать библиотечную карьеру. Нагрузка, конечно, будет огромная, но, думаю, справлюсь. У меня в Америке определённо повысился коэффициент выносливости.

Сашку я отдала в ясли до трёх часов дня. За ясли плачу по доходу, совсем немного. Сплошной либерализм и демократия. С трёх до шести за ребёнком смотрит бэбиситтер. В общем, быт мой полностью устроен. Так что вам незачем о нас с Сашенькой волноваться. И бабушке скажите, чтобы не переживала. Другие нынче времена в Америке. Государство заботится о новых иммигрантах, помогает им выбиться в средний класс. Так что в канаве или приюте для бедных я вряд ли окажусь.

Андрей вернулся из поездки по Калифорнии ни с чем, тихий и покорный. Прямо агнец Божий! Но это для него временное состояние. Пользуясь моментом, я подала на развод. Он теперь всё подпишет, как миленький. С такими, как Андрей, разговаривать нужно только с позиции силы. Слабых он подминает под себя, а перед сильными склоняет голову и даже на колени становится.

Мамочка, ты писала, что звонил Игорь и спрашивал обо мне. Если ещё раз позвонит,

скажи ему, пожалуйста, что я абсолютно довольна своей жизнью и даже счастлива. Чего и ему
желаю.

Пишите мне, мои любимые, как здоровье,
как дела. Если нужны какие-то лекарства и вещи,
думаю, что вскоре смогу присылать. Только вот
чуть-чуть финансово оклемаюсь и закончу с разводом.

Обнимаю, очень вас люблю, скучаю,
Ваша Люся.

P.S. Не оставляю надежды, что когда-нибудь
наконец настанут новые времена и мы сможем
увидеться. Умоляю вас верить в это.

Глава 18

Декабрь 1984 – апрель 1985 года

После смерти Джона в библиотеке какое-то время царила траурная тишина. Из других бранчей стали доходить слухи о новых смертельных исходах. СПИД косил молодых (где-то от тридцати до сорока лет) голубых и бисексуалов направо и налево. Умер начальник бранчей, милый, добрейший итальянец Патрик, за ним последовал заведующий одной из библиотек Джеймс, потом – русскоговорящий Алекс, у которого где-то была жена и трое детей. Почему-то умирали одни из самых способных, многообещающих сотрудников.

Что дальше? Кто следующий? Что это? Кара Божья? Чума двадцатого века? Может ли современная медицина справиться с подобной напастью и приостановить скорость распространения СПИДа?

Страшно было работать и жить. Когда коллеги встречались на собраниях, боялись пожать друг другу руку, не говоря уже о том, чтобы по-приятельски обнять тех, с кем когда-то вместе работали. На кухне в бранчах у каждого и прежде была своя посуда.

Но теперь никто эти чашки и тарелки в кухонных шкафчиках открыто не держал, после употребления личная посуда тщательно отмывалась, вытиралась бумажным полотенцем и пряталась в ящике личного письменного стола, запертого на ключ. Сотрудники постоянно мыли руки. Удвоился расход мыла и бумажных полотенец. Если кто-то простужался и начинал кашлять, его тут же отправляли домой. И чтоб без справки от врача о том, что выздоровел и может приступить к выполнению своих рабочих обязанностей, в библиотеку не являлся. Средства массовой информации нагнетали обстановку. Не то чтобы начался массовый психоз, но страсти накалялись.

Франсин сникла, похудела, перестала улыбаться и украдкой смахивала слёзы. Она потеряла свою, казалось, неиссякаемую энергию, оптимизм, да и желание руководить клерками. Работа шла сама собой, рутинно, по инерции. Библиотекарями какое-то время руководил Филипп. Потом, вместо Тома, прислали новую заведующую, здоровенную бабу Дорис, известную в библиотеке своей нестандартной ориентацией и вздорным характером императрицы.

В бранче явный перебор голубых.

Не то чтобы Люся была против этой категории населения Нью-Йорка, наоборот, она тепло относилась к Франсин, покойному Джону и ушедшему на пенсию Тому. Но после безвременной смерти бисексуала Джона и других она стала бояться всяческих напастей и неприятных сюрпризов судьбы для сотрудников этой библиотеки. А тут ещё новая начальница – лесбиянка Дорис.

Поговаривали, что у Дорис бульдожья хватка и что уж кого невзлюбит – сгноит. После лёгкого, порхающего, всеми любимого Тома ожидалась серьёзная перемена к худшему. Народ стал шушукаться и размышлять о переходе в другие библиотеки.

Филипп не стал дожидаться гнева «её императорского величества» и быстренько перевёлся руководить маленькой библиотекой в чёрно-латинском гетто. Место Филиппа заняла американо-египетская «принцесса», красавица, вдова средних лет по имени Фатима. Она была не только хороша собой, но прекрасно образованна и материально обеспечена (поговаривали, что покойный муж оставил ей немалое наследство, к тому же у неё имелась недвижимость в Египте). Современная женщина, Фатима одевалась с картинок модных журналов, носила дорогие украшения и ходила с гордо поднятой головой. Все эти качества американо-египетской «принцессы» изначально раздражали феминистку-лесбиянку начальницу, которая ничего, кроме широченных брюк и мужского покроя рубашек, круглый год не носила. Короче говоря, две «королевы» ужиться в одном «замке», естественно, не могли. Прицепившись к какой-то ерунде, Дорис начала копать под Фатиму, состряпала несколько докладных и быстренько «уничтожила» красотку соперницу, вынудив её уйти на раннюю пенсию. Народ всё это созерцал и безмолвствовал, думая про себя, кто будет следующей жертвой прихоти и крутого нрава начальницы.

Людмила закончила Институт Пратта, получила степень магистра, стала полноправным библиотекарем. Самое время было уходить на повышение, если предложат. Здесь, среди воспоминаний о днях былых, радостных или печальных, ей больше делать было нечего. Люся была мелкой сошкой, не выпендривалась, безоговорочно выполняла все распоряжения начальницы, одевалась более чем скромно (по зарплате) – словом, не привлекала к себе внимания, и Дорис пока её не трогала. И даже к ней благоволила. За примерами далеко ходить не надо. Когда Люся получила американское гражданство, Дорис позвонила в администрацию и попросила для Люси полагающийся ей в связи с таким важным событием свободный день. Люся об этом бенефите ничего не знала, и, если б Дорис не позаботилась, пришлось бы Люсе потом отрабатывать этот день.

Но разум подсказывал, что барская любовь может в любой момент обернуться гневом («Минуй нас пуще всех печалей…»), и Люся очень скоро последовала за Филиппом, не дожидаясь перемены «ветра». Она получила место заместителя заведующего маленькой библиотекой, и это лучшее, на что она в то время могла претендовать. Некоторые сотрудницы отговаривали Люсю от этого решительного шага. Мол, куда ты лезешь в чёрный бранч со своими светлыми волосами и голубыми глазами? Карьера карьерой, но здоровье и жизнь дороже. У тебя же маленький ребёнок! Не будь идиоткой. Подумай, что ты делаешь.

Пускай чёрно-латинское гетто! Так называемый малопрестижный бранч в плохом, опасном районе. Пускай далеко от дома! Всё это явные минусы, однако один значительный плюс неоспоримо присутствовал. Начальником Люси будет гаитянин Филипп, хороший человек, спокойный, образованный, в недалёком прошлом сам иммигрант, способный оценить Люсино образование, трудолюбие и войти в её нелёгкое положение новой иммигрантки и разведёнки с ребёнком. Филипп – настоящий джентльмен и мужественный человек, он сможет защитить Люсю, если понадобится.

Всё свободное время Люся проводила с Сашкой и с подругами: то с Оксаной, то с Шурой. У них были мальчишки, Сашкины ровесники, и они часто устраивали культурно-спортивные вылазки на природу, в зоопарк, в музеи и в кинотеатры на детские фильмы.

Как-то раз в воскресенье, гуляя с ребёнком в парке около дома, Люся увидела одиноко фланирующего мужчину лет сорока пяти. Лицо его ей показалось вроде знакомым, но припомнить, кто он, она не могла, да и не хотела напрягать память. Мужчина улыбался и целенаправленно двигался в её сторону.

Кто это? Что ему нужно? Неужели начнёт клеиться и испортит мне вечер? – с досадой подумала Люся и намеренно отвернулась.

– Здравствуй, Люся! Чего отворачиваешься? Не узнаёшь меня или, может, не хочешь узнавать?

– Нет, простите, не припомню, кто вы. И почему вы меня на «ты» называете? – вежливо, но резковато ответила она.

– Да Миша я, Миша! Тонин муж. Неужели я так изменился? Помнишь Тоню? Вы с ней дружили. Твой Саша ещё играл с нашими девочками – Дашей и Светой. Мы уехали отсюда в upstate (на север штата), когда мне там предложили хорошую работу. Ну, теперь вспомнила?

– Ты – Миша? Никогда бы не подумала.

– Значит, я всё-таки здорово постарел. Всего-то несколько лет прошло.

– Мне трудно сказать. Мы с тобой редко виделись. Всё больше с Тоней и девочками общались. А ты совсем седой стал и бородку с усами отрастил, – она сначала критически оглядела Мишу, потом одобрила: – А знаешь, тебе идёт. Кардинально поменял имидж? Маскируешься? – Люся улыбнулась, потеплела.

– Да, время маскирует… И ты тоже изменилась, – Миша разглядывал Люсю в упор, с явным восхищением.

– Ну, и как же я изменилась? Надеюсь, к лучшему, – добавила Люся не без кокетства, ожидая комплимент.

– Нет слов! Выглядишь классно! Была такая тихая, скромная, вечно печальная иммигранточка, а сейчас – новая причёска, блондинка, маникюр, голливудская улыбка, уверенность в себе. Одним словом – полностью въехала в американскую жизнь.

– Спасибо за комплимент! Не могу сказать, что полностью въехала, но постепенно въезжаю. А почему ты здесь? У тебя отпуск? Приехал маму навестить? А где Тоня с детьми?

– Не в гости я приехал и не в отпуск. Просто вернулся в Бруклин. Насовсем. Работу потерял. А с Тоней мы разошлись… Вот такие дела, Люся.

– Как разошлись? Вы же так любили друг друга! Она мне… Вы же в два этажа… Ой, прости! Сболтнула лишнее.

– Ничего, ничего! Было и такое. Всё проходит. И любовь, и страсть, и уважение, – Миша достал сигарету, закурил. – Не возражаешь? Остаётся недоумение: зачем женился на этой женщине? И злость. Ненависть и злость. На неё, на себя, на судьбу…

– Да… Я тебя понимаю, как никто другой. Кури, кури себе, если так легче. Во вред здоровью, конечно! Только развернись так, чтобы дым не шёл в мою сторону. – (В Америке в эти годы уже началась упорная борьба с курением, и средства массовой информации вовсю распространялись о том, какой вред оно наносит не только курильщикам, но и окружающим, которые вдыхают дым.) – Да что случилось? Почему вы разошлись?

– Потом как-нибудь расскажу. Дети пока с ней, но я, как устроюсь на работу и сниму квартиру, девочек обязательно к себе заберу.

– А Тоня отдаст тебе девочек?

– Отдаст. Куда она денется!

– Ну, ну! Не ожидала… Кто бы мог подумать! – Люся не знала, что и сказать, развела руками.

– Сочувствую. Ладно! Я, пожалуй, пойду. Удачи тебе! И Тоне тоже удачи! Хотя ты ей, конечно, теперь моего пожелания не передашь.

– Не передам! – Мишино лицо застыло, приняв злое выражение.

– Я так и думала. Ну, всё. Я пошла. Уже соседи на нас вылупились. Будет о чём посплетничать в продженте.

– А мне плевать на их сплетни! Я такой порядочный, аж самому тошно. Почти святой. Так что мою репутацию уже пора подмочить… Подожди, Люся! Не уходи. Посиди со мной.

Миша прикоснулся к её плечу, заглянул в глаза.

– Я тут хожу кругами по парку, как одинокий бездомный пёс. Тошно на душе. Поговорить не с кем. Мать меня приняла, конечно, но нашего разлада с Тоней не одобряет, во всём меня винит. Говорит, что я не умею ладить с женщинами, что для меня дети важнее жены. Ведь это уже мой второй брак… У меня в Ленинграде первая жена и взрослая дочь. Ну, не уходи! Пожалуйста! Или ты спешишь? – Мише было тоскливо. Хотелось пообщаться, выговориться.

– Да нет! Сегодня выходной. Спешить вроде некуда, – Люся сочувственно взглянула на Мишу и очень кстати сразу вспомнила, что её пишущая машинка сломалась, а Миша, как заверяла её когда-то Тоня, был мастером на все руки.

Удобно или нет вот так сразу просить его об одолжении? Ещё чего-нибудь подумает. Ну и пусть себе думает. Думать я ему запретить не могу! Главное, чтобы согласился починить машинку.

– Слушай, Миш, как хорошо, что я тебя встретила. Извини, что я сразу с просьбой. Ты не мог бы взглянуть на мою пишущую машинку? Что-то она барахлит, а мне надо новое резюме напечатать. Может, так оно и лучше? Займёшься делом, на время забудешь о своих семейных проблемах.

– Конечно, займусь делом. Да хоть сейчас могу пойти посмотреть на твою пишущую машинку. Резюме своё я уже разослал, куда только мог. Всё равно сегодня делать нечего. На следующей неделе начинаются интервью. Правда, на позицию не инженера, а мастера. Да, инженера из меня здесь пока не вышло…

Мишины глаза заблестели, в них появился живой интерес. Люся пока не понимала – то ли к починке техники, то ли к её, Люсиной, персоне. Она подумала о том, что Миша, скорее всего, денег за работу с неё не возьмёт, но дома есть подаренная благодарным читателем коробка шоколадных конфет, можно угостить Мишу чаем.

Люся ещё раз оценочно взглянула на новоявленного Мишу.

А он даже очень ничего! Приятный, аккуратный, благородная седина, но какой-то уж очень печальный и битый жизнью. Что же такое произошло, почему он бросил молодую (на тринадцать лет моложе), энергичную, красивую, натуральную блондинку Тоню, с которой они друг друга, по её словам, безумно любили и

спали в два этажа? Или, может, Тоня... бросила его?
Ладно, сам потом расскажет.

И они пошли взглянуть на сломанную пишущую машинку.

Процесс починки техники растянулся на целый вечер. Миша не торопился. Сначала разобрал машинку до скелетного состояния, потом собрал до рабочей готовности, долго тестировал, но так и не починил. Сказал, что нужно купить какую-то детальку и новую ленту. Он всё сам купит и в следующий раз принесёт. И посмотрел на Люсю с вопросительным подтекстом. Она кивнула, подтверждая, что следующий раз обязательно будет.

Потом они болтали о том о сём и пили чай с конфетами. И тут Миша раскололся: рассказал Люсе, что, когда он потерял работу, Тоня начала его упрекать, попросту третировать: мол, «какой ты инженер, если тебя начальство не оценило. Дерьмо ты, а не инженер. И английский до сих пор не выучил. Бестолочь! Говоришь, как нацмен по-русски».

Девочки к тому времени пошли в школу. Хорошенькая, смышлёная Тоня очень скоро нашла работу секретарши в медицинском офисе. Они стали часто ссориться. Однажды дошло до рукоприкладства. Тоня всячески оскорбляла его, не стесняясь присутствия девочек. В итоге Миша распалился и впервые за двенадцать лет совместной жизни залепил ей пощёчину. Куда уже дальше, если дело до рукоприкладства дошло! Миша тут же устыдился своего поступка, попросил у жены прощения, но Тоня его прощать

не желала. Разлюбила, охладела, возненавидела. По-
щёчина послужила поводом для окончательного рас-
кола в семье. Тоня вытурила мужа в Бруклин к маме.
«Не можешь найти работу в настоящей Америке,
чеши в Бруклин, к мамочке. Там тебе самое место. За-
помни! Я тебя содержать не стану». Вот и кончилась
«страстная любовь в два этажа». Потом выяснилось
(девочки проболтались папе), что мама завела себе
«настоящего американского бойфренда».

Мише как-то удалось улицезреть Тониного нового избранника. Ну что сказать! Типичный примитив,
работяга, с образованием неполной средней школы.
Зато настоящий американец ирландского происхождения! Тоня гордилась своим новообретённым со-
жителем и с пафосом утверждала, что русскоязычное
гетто не для неё. Она никогда не вернётся в Бруклин
и будет воплощать в жизнь свою американскую мечту
(American dream). Миша с Тоней пока не в разводе,
но уже оформили separation.

— Да, печальная, типично иммигрантская история! И самое неприятное и унизительное в этой
истории, что в Тонином сознании любой малообра-
зованный американец стоит на социальной лестнице
выше иммигранта с дипломом. Ещё неизвестно, как
сложится Тонина жизнь с этим бойфрендом. Будет
по вечерам пить пиво, смотреть бейсбол и… под настроение поколачивать свою русскую гёрлфренд. Не
дай бог! Не желаю я ей такого расклада.

*А я ведь тоже хочу переключиться на американ-
ских кадров. Но примитив с незаконченным средним*

образованием мне не подходит. Видно, это какая-то эпидемия в иммигрантских семьях. Русские жёны бросают своих не сумевших адаптироваться мужей и ищут партнёров среди англоязычных.

— И я не желаю, но не сомневаюсь, что именно так и будет. Мне только девочек моих жалко!

Выслушав Мишу, Люся вздохнула и в свою очередь поведала ему о разводе с Андреем, разумеется, не вдаваясь в отвратительные подробности. Не хотелось ей перед ним распахивать душу. Миша всё же отметил, что ещё три года назад видно было, что Люся несчастна и как будто стыдилась Андрея.

— Когда он во дворе распускал павлиний хвост, хвастаясь перед соседями, что скоро станет американским доктором, и давал всем бесплатные медицинские советы, от которых один мужик чуть не окочурился, ты всегда сидела, опустив голову, такая одинокая, грустная, безутешная. Я проходил мимо, шёл с работы домой. Мне так хотелось тебе чем-то помочь, подбодрить тебя. Но я не знал, как, какими словами. И я был жутко занят вечной подработкой. Тоне мало было моей зарплаты. Она хотела всё и сразу. А потом начались хлопоты с переездом. Остальное ты знаешь.

— Странно, а мне казалось, что никому я не нравлюсь. Никому я не нужна, что я своим печальным видом отпугиваю людей. Ведь несчастье – это как заразная болезнь. Многие люди тебя чураются. Особенно здесь, в Америке. На людях нужно непременно выглядеть счастливым, успешным и прикрывать тайные горести и страдания широкой улыбкой «cheese» и безликим междометием ОК. Подобным «хорошим» манерам я уже научилась.

— Не знаю, не знаю, как другие. Я сразу обратил на тебя внимание, и ты мне… Ты была такая необычная на фоне наших иммигранток. И если б не моё семейное положение… — тут Миша осёкся.

— Что — если б не твоё семейное положение? Что ты хотел сказать?

— В общем, нравилась ты мне, очень нравилась. Тоня моя такая практичная, наглая, базарная. А ты… мягкая, интеллигентная, молчаливая. Сидела, хранила свою грустную тайну. Ты у меня вызывала нежность.

Люся вопросительно посмотрела на него.

Что же ты мне ничего не говорил? Мне так нужна была чья-то поддержка, симпатия. Я страдала от бессилия и одиночества. Как говорится, дорога ложка к обеду. Да, но в Америке принято обедать вечером. Вот и наступил вечер. Господи, какая чушь лезет в голову! Зачем он мне нужен, этот битый жизнью, депрессивный Миша, чужой муж с детьми? И перед Тоней как-то неловко, хотя ей он не нужен. А бывает и так: сегодня не нужен, а завтра снова понадобится… Так и будем его перебрасывать, как мячик?

В десять вечера Миша собрался домой. Когда они прощались, взгляд его окончательно повеселел, исчезло тоскливое выражение лица, даже морщинки на лбу разгладились, и виски при вечернем освещении не казались такими седыми. Мише явно нравилось сидеть у Люси, чинить её технику, разговаривать о жизни и пить чай с шоколадными конфетами.

– Я тебе позвоню, ладно? Какой твой номер телефона?

Люся записала ему свой номер телефона на клочке бумаги, и он ушёл.

Миша не заставил себя долго ждать и через пару дней снова появился у Люси в доме, пытаясь оживить строптивую пишущую машинку новой деталькой. Это ему удалось, и они на радостях снова сели пить чай с конфетами, на сей раз принесёнными Мишей.

С тех пор он стал к Люсе частенько захаживать, весьма охотно решал всяческие технические задачи и выполнял хозяйственные поручения: то крючок надо прибить на стену, чтобы подвесить картину, то смазать скрипучую дверь, то наладить изображение в телевизоре, то подключить к телевизору «видик», то кран течёт, а супер приходит только днём, когда Люся на работе… Словом, дел в хозяйстве много, а мужика в доме нет. Вот и Миша пригодился.

Как-то само собой получилось, что их дружеские отношения однажды перешли в интимные. Они сидели на диване и смотрели взятый напрокат фильм. Между ними зажглась та самая искра, которая упорно не вспыхивала, когда «Колорадский жук» уговаривал Люсю проделать предлюбовный эксперимент.

В общем, сия метаморфоза отношений с Мишей была вполне логична и ожидаема. Оба были свободны, знали друг друга не по переписке, жили по соседству и общались в уютном домашнем тепле долгими осенними вечерами. Всё произошло как в популярной песне из старого советского фильма «Они были первыми»: «Мы жили по соседству, встречались просто так, любовь проснулась в сердце, сама не знаю, как...»

Трудно сказать, проснулась ли в Люсином сердце любовь, но у неё возникла к Мише симпатия и привязанность, подогреваемая сексуальным влечением. А Миша действительно полюбил Люсю, искренне, просто, без фантазий. Однажды он признался ей: «Люсенька, ты – лучшее, что у меня было в жизни».

Они были нужны друг другу физически и душевно, хотя духовно их мало что роднило. Типичный инженер советского образца, Миша не читал современную художественную литературу и, кроме кино, никаким видом искусства не интересовался. Так что размышления о литературе и живописи Люся могла оставить при себе. Люсю также смущало, что он был ещё не разведённым мужем её бывшей подруги. Во всём этом чувствовалась некая двойственность, неустойчивость отношений и даже обречённость: Люся ведь уже хлебнула в молодости любви чужого мужа.

Миша и Люся не скрывали свои более чем дружеские чувства перед соседями. Да что скрывать? Взрослые люди, свободные, никого не обманывают, имеют право завести роман. Доброхоты, естественно, доложили Тоне об их связи по беспроволочному телеграфу, и будто бы она удивилась и высказалась, что была лучшего мнения о вкусе бывшей подруги.

Видно, некогда обожаемый Миша ей опостылел до чёртиков, как Люсе Андрей. Вот так случается в жизни: одни что-то или кого-то бросают, выкидывают за ненадобностью, другие – это что-то или кого-то подбирают, рассматривают, облюбовывают, радуются находке и делают частью своей жизни.

Когда Миша ночью уходил от Люси к себе домой, прощаясь, повторял:

– Спи, любимая, спи родная! – и целовал Люсю в волосы и в глаза.

Таких простых нежных слов Люсе ещё никто никогда не говорил. Даже Игорь. Она умилялась и радовалась своему тихому счастью.

Из Израиля к Люсе приехала в гости Ольга, московская подруга детства, женщина прямая и недипломатичная. Когда Люся познакомила её с Мишей и потом рассказала, что он работает мастером на фабрике по изготовлению макарон, вермишели и других итальянских мучных изделий, Ольга откровенно скривилась:

– Мастером? Ты же писала, что он по образованию инженер. Ну, подруга, ты даёшь! Растеряла все свои московские стандарты. Я бы никогда не стала встречаться с мастером по изготовлению мучных изделий. Он же ещё не старый. Сколько ему? Сорок пять? Неужели не может получить язык или что там ещё нужно и найти работу получше?

– Он работал инженером в Олбани. Его сократили. Это случается и у вас в Израиле.

– Хороших работников не сокращают! Их ценят и повышают по службе, – безапелляционно заявила Ольга.

– Много ты знаешь о нашей жизни в Америке… Приехала в гости, осматривай город и держи своё мнение при себе! – Люсю взорвало, и они с Ольгой чуть было не поссорились. Но Ольга была гостьей, а гостей надо ублажить и дотерпеть их присутствие в твоём доме (с милой улыбкой) до конца.

Подумаешь, израильская принцесса! Приехала тут по распродажам бегать. Всё ей не то и не так. Город грязный, сабвей допотопный и шумный. Шмотки дорогие, продукты питания ненатуральные. Много чернокожих и т.д. Мастер, видите ли, ниже её достоинства. Сама работает простым клерком, хотя окончила МГУ. За тридцать – и до сих пор не замужем. Интересно, кого она там в Израиле себе найдёт? Парикмахера или торговца овощами? Ну, может, таксиста, если сильно повезёт.

Прогостив в Нью-Йорке две недели, Ольга уехала восвояси. Их переписка заглохла.

Очень скоро Миша привёз к себе старшую девочку – Свету. Сашка был моложе Светы на три года, и она относилась к нему с нескрываемым превосходством и не по возрасту женской бесцеремонностью. Иногда, правда, они мирно сидели рядышком, смотрели телевизор или играли в «Monopoly». Чаще цапались, но это не мешало всей компании разъезжать по Нью-Йорку и его окрестностям и проводить вместе уикенды и праздники. Они ездили в Нью-Джерси в парк аттракционов, на пляж, в Сафари и на Янки-Стэдиум смотреть бейсбольный матч, в котором Люся не понимала ровным счётом ничего и терпела только ради детей. Ходили в кино на детские фильмы, ездили в знаменитый Bronks Zoo (зоопарк в Бронксе), где ухитрились даже покататься на слоне. Словом, Миша и Люся развлекали детей, как могли, при этом радуясь укрепляющемуся альянсу.

Миша терпеливо учил Люсю водить машину, и очень скоро она сдала экзамен на вождение и получила driver's licence (водительские права). Миша купил себе более новый, красивый автомобиль, а Люсе отдал свой старенький «Плимут», чтобы она его использовала, как говорится, и в хвост и в гриву. Люся теперь на работу гордо ездила на машине и ещё сильнее ощутила женскую свободу.

Куда хочу, туда еду, и не надо никого просить об одолжении. Правда, моя машина – далеко не люкс. Но и я ведь – начинающий водитель. Уже пару раз эту бедную старушку машину приложила о ворота в библиотеке.

Они ощущали себя почти семьёй, хоть и жили на разных квартирах.

Как-то раз Миша и Люся ехали домой с покупками. Миша был за рулём, а Люся спиной почувствовала, что их кто-то преследует, обернулась и увидела незнакомую машину (видимо, взятую в рент), за рулём которой сидел Андрей. Несколько лет о нём ничего не было слышно, и Люся уже свободно вздохнула.

Ей не нужны были его алименты, и вообще ничего от него не было нужно, лишь бы только Андрей навсегда исчез из обозримого пространства. И вот, на тебе, он вдруг материализовался из небытия в самый разгар её романа с Мишей. Проклятье! Нет, он теперь Люсю в покое не оставит!

Люся встретилась с Андреем взглядом, силилась понять, чего он добивался, почти касаясь Мишиной машины бампер в бампер. Его глаза сверкали бешенством дикаря-собственника. Как это его жена, хоть и бывшая, посмела ехать в машине с другим мужчиной?

Кто он? Люсин теперешний хахаль, жених, муж? Какой-то седой старый хрен! Мы только пару лет как развелись, а эта маленькая дрянь, притворявшаяся тихоней, недотрогой, уже успела найти мне замену! Ишь ты! Выкрасилась в блондинку и думает, что она кинозвезда. Я щас вам такую любовь устрою, мало не покажется.

Люся очень хорошо знала параноика Андрея и понимала ход его мыслей. Ситуация становилась опасной. Андрей ни перед чем не остановится. И терять ему, как видно, нечего.

— Люся, посмотри, кто там повис у нас на хвосте. Он что, на аварию нарывается? Жить надоело? — занервничал Миша.

— Да это мой бывший, Андрей. Не узнаёшь? Посмотри в зеркало. Он либо пьян, либо совсем спятил. Я не знаю, что делать. Может, свернём куда-нибудь?

— Попробую.

На перекрёстке, когда жёлтый свет переключился на красный, они резко свернули влево. Андрей рванул за ними, но не успел проскочить и врезался во встречную машину.

О последствиях этой аварии Люся узнала много позже. Где-то через год из Сан-Франциско позвонила Инна Абрамовна и рассказала, что люди, находившиеся тогда во встречной машине, сильно пострадали. Хорошо ещё, что никто не погиб. Андрея посадили за вождение в нетрезвом виде. Несколько месяцев он провёл в тюрьме, а когда его выпустили, уехал в Калифорнию, откуда ушёл пешком в Мексику бродяжничать в поисках счастья. Она умоляла Люсю позвонить ей, если та услышит что-то о её сыне.

– Как ты могла его бросить? Ведь Андрюшенька – страдалец. Он – отец твоего ребёнка и по-прежнему тебя любит, – причитала Инна Абрамовна.

– Давайте не будем говорить о том, как Андрей меня любит. Вы прекрасно знаете, что это за любовь. Стремление полностью подчинить меня своей воле, а в случае моего сопротивления – сплошное хамство и рукоприкладство. Он же бешеный! Вы забыли, как он над вами издевался в Италии и в отеле Сент-Джордж, когда у вас были приступы желчекаменной болезни? Он вас последними словами ругал, разве что не бил. (А может, он и вас поколачивал, когда нас с Сашкой не было дома. Вы же всё скрывали от меня.) Забыли? А я всё помню. Мне было вас очень жаль.

– Ничего я не забыла. Это всё от стресса. Бедный мой мальчик! Он заболел. Его лечить надо было, а ты его выбросила. Не любила, женила на себе, использовала для отъезда в Америку и выкинула за ненадобностью. Это безжалостно и подло с твоей стороны.

— Так! Давайте лучше не будем говорить о подлости. С вашей стороны было великой подлостью скрыть от меня, что Андрей уже трижды был женат, что вы его в Союзе спасли от тюрьмы, что он психически болен… Почему вы его сами не лечили? Вы же мать.

— Я пыталась. Он не хотел лечиться.

— Надо было заставить. Насильно госпитализировать здесь, в Нью-Йорке, когда он над вами издевался. Но вам же приспичило уехать в Калифорнию.

— А почему ты его не положила на лечение?

— Я не понимала тогда, что он болен. Думала, что просто мерзавец и хам. Я его несколько раз сдавала в полицию. Да… не любила я вашего сыночка. Врать не буду, но я искренне хотела его полюбить. Так он же — чудовище, и вы это прекрасно знаете, лучше меня. Чудовищ любят только в сказках. В жизни чудовища не превращаются в прекрасных принцев. Да, он оформлял документы и грузил чемоданы. А что, вы бы хотели, чтобы это делала я… с ребёнком на руках? И вообще, большинство чемоданов были с вашими вещами и сувенирами на продажу. Вы их продавали в Италии и копили денежки. А я ходила в одном и том же платье и не могла в Италии ребёнку даже памперсы купить. Вы Сашке пожалели денег на коляску. А Андрей… я теперь думаю, что он заболел ещё в Москве. Повторяю, вы это знали, но от меня подло скрыли. Что уж теперь говорить! Стресс был у всех, но я же не теряла человеческий облик. Да, и ещё… Странно, Инна Абрамовна. Мне помнится, когда-то вы утверждали, что Сашка не ваш внук, что он – «плод моей предыдущей разгульной жизни», как вы изволили выразиться.

Тут Инна Абрамовна вконец сломалась и зарыдала в телефон. Все доводы и упрёки были исчерпаны.

– Прости меня, девочка! Я была не в себе. Я так несчастна! Ты должна понять меня. Ведь ты сама – мать.

– Я вас понимаю и давно уже простила, но забыть не могу. Такое не забывается! Но если я услышу что-то об Андрее, конечно, дам вам знать. Не звоните мне больше! Вы сами отказались от роли бабушки, и теперь в нашей с Сашенькой жизни вам места нет! – завершила Люся свою речь, вынося бывшей свекрови суровый приговор, и бросила трубку.

Мишина дочка Света и Люся нашли общий язык. Люся и раньше хотела второго ребёнка, дочку. Но, разумеется, не от Андрея. И вот судьба подарила ей готовую девочку, одиннадцатилетнюю, не по годам взрослую и рассудительную. Не нужно было ни носить, ни рожать, ни нянчить… Света даже как-то сказала отцу: «Ты ведь любишь тётю Люсю, и она тебя. Почему бы вам с ней не пожениться? Всё равно вы с мамой уже не будете жить вместе». Люся и сама подумывала для начала съехаться с Мишей, а потом… по обстоятельствам.

Как-то нужно было прибиваться к семейному берегу, хотя она и осознавала, что Миша тоже не был героем её романа.

Господи! Но где же взять этот идеальный букет прекрасных мужских качеств, этот безупречный джентльменский набор, чтоб избранник был симпатичен, умён, образован, интеллигентен, добр и чтобы они любили друг друга? Все «герои» разобраны «героинями» и на дороге не валяются. Надо брать, что даёт случай.

А случай дал ей Мишу.

Не семи пядей во лбу, зато симпатичный, любящий, добрый, нежный, хозяйственный, работящий. К тому же нашёл подход к Сашке. За Мишей я буду как за каменной стеной. Всё, приехали. Надо остановить бесплодные поиски идеального мужчины и выходить замуж за Мишу.

Как только Люся пришла к такому решению, сразу возникла дополнительная преграда. Миша был примерным отцом и после развода с Тоней решил взять на воспитание также свою младшую дочку Дашу, девочку с трудным характером.

Странно, что Тоня и на это согласилась. Люся была потрясена: она бы своих детей мужу ни за что не отдала. Но ведь Миша – не Андрей. Миша – образцовый отец.

Стать мачехой сразу двум девочкам и воспитывать троих детей Люся не решилась. На такие «подвиги» при всём желании она была не способна. Чтобы успешно справиться с подобной ролью, нужно было иметь просторный дом, гораздо более весомый доход, чем у них с Мишей вместе взятых, домработницу и тонну терпения и любви. Люся трезво оценила положение вещей и перспективу. К сожалению, у Люси эти составляющие, необходимые для успешного объединения семей, в наборе отсутствовали.

Не справлюсь. Дети все с характером, избалованные. Возникнут проблемы и неурядицы. Девчонки станут третировать Сашку, а он будет «защищать свою мужскую честь» кулаками. Миша, конечно, будет на стороне своих девочек, я – на Сашкиной стороне. Мы перессоримся, морально покалечим детей. Любовь себя исчерпает, перетечёт в недовольство друг другом, а потом и в неприязнь. Вместо семейного рая выстроим сущий ад. Наши ангелочки превратятся в бесенят. Всё рухнет. Не стоит и пробовать! Этот план обречён на полный провал.

Люся испугалась и сказала: «Нет! Не бери Дашу, оставь девочку с матерью. Она ещё маленькая. Ей нужна мама». Миша ничего не хотел слушать. В конце концов ему пришлось выбирать между Люсей и Дашей. Само собой, он выбрал дочь. Видимо, Даша не поладила с отчимом, и Миша решил, что ей будет лучше жить вместе с родным отцом и сестрёнкой.

Что ж, он правильно поступил.

Если бы пришлось выбирать между Сашкой и бойфрендом, Люся бы выбрала ребёнка. Хороший человек – Миша, правильный, даже чересчур правильный, готовый пожертвовать любовью к женщине ради детей. Недаром Люся пыталась построить с ним семью.

Как ни грустно было им обоим, но ни он, ни она не хотели менять своё решение, и любовно-семейный роман постепенно истончился и оборвался, хотя какое-то время они ещё продолжали встречаться. Трудно было так сразу обрубить. Миша звонил всё реже, иногда, правда, заходил по зову любви. Люся его ждала и не ждала, но принимала. Началась любовь по инерции. На все его вопросы, как ей живётся, отвечала скупо и коротко. Миша нервничал, курил у раскрытого окна и бросал окурки в сиреневую пепельницу, которая пережила всех Люсиных бойфрендов и по-прежнему сверкала на свету.

Эта пепельница – символ моей женской независимости, моего свободного выбора. Они в ней окурки гасят, а я выбрасываю эти окурки в мусор, отмываю пепельницу, вытираю, ставлю на стол и продолжаю жить дальше одна. Жила я до тебя, Мишенька, как-то… и без тебя худо-бедно проживу. Нет незаменимых мужчин в моей жизни!

В итоге Люся снова оказалась одна в свободном пространстве поиска и какое-то время предавалась унынию. Мише некогда было искать новую возлюбленную: работа с постоянными сверхурочными (не зашикуешь на зарплату мастера), хозяйство и воспитание девочек занимали всё его время.

Иногда дороги их пересекались. В банке, супермаркете, в парке, ведь они продолжали жить в одном районе. При встрече вежливо здоровались, улыбались, даже целовались в щёчку, спрашивали, как дела, и разбегались в разные стороны. Горечи от расставания не осталось. Но осталась печаль, подобная той, которая наступает в конце лета при виде выжженной солнцем травы и жёлтых листьев.

Осень и зима пробежали незаметно. Люся больше не искала кандидатов на роль возлюбленного-друга. Надоело ей находить и снова терять. Всё своё свободное время она уделяла Сашкиному воспитанию. Мальчик отлично учился и проявил способности к рисованию. Люся определила его в детскую школу живописи при местном еврейском центре, радовалась и умилялась его успехам, развешивала дома Сашкины картины, с гордостью показывала друзьям. Ребёнок даже занял одно из первых мест на городском конкурсе детского рисунка, и его картину под названием «Я» отобрали на выставку в Бруклинском музее. Люся была счастлива.

Все лишние деньги (которые были отнюдь не лишними при её мизерном библиотечном заработке) Люся теперь тратила на краски, холсты и рамки. А сама ходила в джинсах и дешёвых свитерках, донашивала старые вещи. У неё не было ни дорогих украшений, ни тонких духов, ни качественной косметики. Все эти атрибуты, важные для выигрыша в погоне за женским счастьем, Люсю мало интересовали. Она поставила крест на своей личной жизни. Почти поставила. Но наступила весна, а в это время выздоравливающей от зимних недугов природы в душе и теле происходит непременное возрождение, и то, что ещё вчера казалось навсегда утраченным и иллюзорным, кажется возможным, достижимым, реальным.

Наступил апрель 1985 года. Ещё не распустились почки, но деревья уже вспыхнули бело-розовыми цветами. Люся восхищалась нежными всполохами первоцвета и не заметила, как её уныние исчезло, растворившись в весеннем дожде.

Позвонила ей как-то в субботу утром подруга Шура и требовательным голосом спросила:

— Люся! Что ты делаешь?

— Ничего. Мы с Сашкой позавтракали, собираюсь быстренько убрать квартиру и пойти на улицу. Погода больно хороша!

— Так. Бросай всё! Уберёшь квартиру потом.

— Что случилось? К чему такая спешка? Сегодня воскресенье, и у меня темп жизни размеренный.

— Кончай болтать! Немедленно одевайся, да выбери, что получше. Не джинсы! Есть же у тебя какое-нибудь приличное платье или юбка?

— Ну, есть, кажется, — неуверенно сказала Люся, раскрывая шкаф.

— Наштукатурься по всем правилам, чтоб тени на глаза, краска для ресниц и губная помада. У тебя через час свидание. Сашку подкинешь мне. Возражения не принимаются.

— А я и не возражаю. Можно узнать, с кем у меня свидание?

— С одним очень хорошим человеком. Я познакомилась с ним у нашей учительницы музыки. Это их друг семьи. Харизматичный мужчина, добрый, интеллигентный, твой ровесник, не перестарок, как этот Миша. И не мастером работает, а инженером.

Впрочем, он тебе сам расскажет. Из Москвы. Всё то, о чём ты мечтала… Довольна?

— Звучит многообещающе! Спасибо, подруга!

— Я старалась. Не представляешь, сколько усилий мне стоило его вытащить на blind date.

— Надеюсь, твои усилия не пропадут даром…

Люся собиралась на свидание и думала о том, *что прошлые любовные истории – всего только короткие новеллы, а впереди её ждёт ещё не написанная повесть – жанр куда объёмнее и круче, который, может быть, вместит самую главную любовную историю её жизни.*

Она вспомнила, что прошло десять лет, о которых говорила цыганка. Наступил 1985 год, а значит, Люся, по предсказанию, наконец начнёт жить не чужую жизнь. Свою.

Глава 19

Июль 1981 – ноябрь 1982 года

Люся подождала, пока Андрей отоспится и придёт немного в себя после утомительной и безрезультатной поездки в Калифорнию, прежде чем нагружать его серьёзными разговорами о разводе, который ждал только его согласия и подписи. А пока поручила мужу забирать Сашку из яслей и смотреть за ребёнком до её возвращения с работы. Пусть ребёнок пообщается с отцом. Неизвестно, как часто они потом смогут видеться. Кроме того, она пока сэкономит на бэбиситтере.

Андрей покорился, как покоряется слабый перед сильным, побеждённый – перед победителем. А победителем в супружеской войне неожиданно вышла Люся. Она нашла постоянную работу и смогла худо-бедно содержать семью. Да, да, она – та самая маменькина и папенькина дочка, слабая, неприспособленная к жизни, избалованная, с нелепой профессией «филолог», по Андреевым понятиям, непригодная даже для панели (ну, это он из вредности), никем и ничем не защищённая от его ругательств

и издевательств, вечно печальная, думающая о су-
ициде, – вдруг оказалась востребованной и незави-
симой, с собственным заработком, уверенностью в
себе и способностью принимать решения и даже по-
велевать им, Андреем.

Люся объяснила Андрею, что содержать его не
собирается, что он не получит от неё ни цента и им
лучше развестись. Тогда он сможет хотя бы сесть на
пособие welfare и потом, если повезёт, устроит как-
то свою судьбу. Андрей понял, что сам загнал себя
в угол, что надо соглашаться на развод, что другого
выхода у него не было, и подписал нужные бумаги.
Процесс развода, тянувшийся целый год, завершил-
ся в течение месяца.

Их развели по обоюдному согласию. Он собрал
свои вещи и патетически произнёс, как плохой актёр
в финальной ремарке:

– Люся, ты разрушила нашу семью! Молчи! Ничего не говори!

Когда за Андреем захлопнулась дверь, Люся облегчённо вздохнула, достала швабру и ведро и стала
отдраивать свою квартиру от неприятных воспоминаний. Перед ней неожиданно открылось свободное
пространство. Словно пелена упала с глаз. И Люся
увидела много, много заманчиво прекрасной пустоты, которую предстояло обозреть, заполнить и осво-
ить. Люся вначале слегка растерялась, испугавшись
раздвинутого до бесконечности горизонта, но потом
попривыкла к огромному небу и земным просторам,
осмелела и поняла, что всё сможет.

Елена Литинская
ЖЕНЩИНА В СВОБОДНОМ ПРОСТРАНСТВЕ

Редактор: Ольга Новикова
Компьютерная вёрстка, обложка: Михаил Кондратенко

В оформлении обложки использована
репродукция картины Ланы Райберг «Голубая тишина»

Главный редактор издательства: Семён Каминский

Bagriy & Company, Inc.
Chicago, Illinois, USA

printbookru@gmail.com